벤자민 버튼의 시간은 거꾸로 간다

벤자민 버튼의 시간은 거꾸로 간다

The Curious Case of Benjamin Button

프랜시스 스콧 피츠제럴드 지음 | 허윤정 옮김

더클래식

차례

벤자민 버튼의
시간은 거꾸로 간다

1

그 옛날 1860년만 하더라도 아기를 집에서 낳는 것은 지극히 당연한 일이었다. 듣자니 요즘에는 의학의 높은 신들이 신생아의 첫 울음소리는 마취제가 퍼진 공기에서, 그것도 이왕이면 최신 병원에서 울려야 한다고 천명했다고 한다. 그래서 1860년의 어느 여름날, 젊은 로저 버튼 씨 부부가 첫 아기를 병원에서 낳기로 결정한 것은 유행을 50년이나 앞선 것이었다. 이러한 시대착오적인 행동이 내가 적으려고 하는 믿기 힘든 사건과 어떤 관련이 있는지 없는지는 아무도 모를 일이다.

나는 일어난 일만 이야기할 테니, 그에 대한 판단은 여러분이 직접 하길 바란다.

로저 버튼 씨 부부는 남북전쟁 전의 볼티모어에서 사회적으로나 재정적으로나 부러운 위치에 있었다. 그들은 이쪽저쪽 집안과 친인척 관계였고 곧 거대한 귀족의 구성원으로서 권한을 누릴 수 있게 될 터였다. 이에 버튼 씨 부부는 곧 만나게 될 첫 아이에 대한 기대감으로 들떴다. 버튼 씨는 아들을 낳게 되면 다소 빤하지만 커프라는 별명으로 4년 동안 다녔던 코네티컷의 예일 대학에 보낼 수 있게 되기를 바랐다.

어마어마한 사건이 일어나게 될 9월의 아침, 그는 6시 정각에 초조하게 일어나 옷을 입고 스톡 타이를 반듯하게 매만지고는 볼티모어 거리를 지나 서둘러 병원으로 향했다. 밤의 어둠이 스스로의 가슴 위에 새로운 생명을 품었는지 알아내기 위해서 말이다.

신사 숙녀를 위한 메릴랜드 개인 병원에서 90미터쯤 떨어진 곳에 다다랐을 때, 그는 주치의인 킨 박사가, 모든 의사가 그들의 직업상 암묵적인 윤리로 당연히 해야 하는, 손을 비벼 씻는 동작을 하며 정면 입구 계단을 내려오는 것을 보았다.

로저 버튼 철물 도매 회사의 사장인 로저 버튼 씨는 그런 그림 같은 시대에 남부 신사에게 기대되는 품격과는 한참 거리가 멀게도 킨 박사를 향해 달려가기 시작했다.

"킨 박사님!"

그가 소리쳤다.

"오, 킨 박사님!"

박사는 그가 부르는 것을 듣고 돌아보더니 서서 그가 오기를 기다렸다. 버튼 씨가 다가왔을 때 그의 냉혹하고 치유력 있는 얼굴에 기묘한 표정이 드리워졌다.

"어떻게 됐습니까?"

버튼 씨가 헐떡거리며 급히 다가와서는 대답을 재촉했다.

"뭐였습니까? 아내는 괜찮습니까? 아들입니까? 아들입니까, 딸입니까? 뭐……."

"진정하게!"

킨 박사가 날카롭게 말했다. 그는 좀 화가 나 보였다.

"아이는 태어났습니까?"

버튼 씨가 간절하게 말했다.

킨 박사는 얼굴을 찌푸렸다.

"저, 물론, 그런 것 같네. 어느 정도는."

또다시 그는 버튼 씨에게 기묘한 시선을 던졌다.

"아내는 괜찮습니까?"

"그렇다네."

"아들입니까, 딸입니까?"

"그만하게!"

킨 박사는 완전히 화가 나 소리쳤다.

"자네가 가서 직접 보게. 이런 말도 안 되는 일이!"

그는 기분 나쁜 투로 마지막 말을 거의 한 음절로 내뱉고는 중얼거리며 돌아섰다.

"자넨 이런 경우가 나의 직업적인 명성에 도움이 될 거라고 생각하나? 한 번만 더 이런 일이 생기면 나는 완전히 끝장이야. 누구든지 끝장이라고."

"무슨 문제라도 생겼습니까?"

버튼 씨는 깜짝 놀라며 물었다.

"세쌍둥이입니까?"

"아니네, 세쌍둥이가 아니야!"

박사는 비꼬는 듯 대답했다.

"더 알고 싶으면 자네가 가서 직접 보게. 그리고 다른 의사를 찾아보게. 젊은이, 나는 자네가 태어날 때 자네를 직접 받았고 40년 동안이나 자네 집안의 의사였어. 하지만 이제 자네 집안과는 끝이야! 나는 자네나 자네 친척들과 다시는 보고 싶지도 않네! 잘 가게!"

그는 홱 돌아서더니 한 마디도 더 하지 않고 연석에 세워 두었던 자신의 사륜마차에 올라타고는 격하게 몰고 가 버렸다.

버튼 씨는 망연자실하여 머리부터 발끝까지 떨며 보도에 서 있었다. 어떤 끔찍한 불운이 일어난 것일까? 그는 갑자기 신사 숙녀를 위한 메릴랜드 개인 병원에 가고 싶은 마음이 사라졌다. 잠시 후 그는 간신히 스스로 계단을 올라 현관문을 열고 들어갔다.

간호사가 칙칙하고 어두운 복도의 접수 데스크에 앉아 있었다.

"좋은 아침이에요."

그녀는 인사를 건네고 그를 상냥하게 바라보았다.

"안녕하세요. 저…… 제 이름은 버튼입니다."

이 말을 들은 여자의 얼굴 위로 완전히 겁에 질린 표정이 번져 나갔다. 그녀는 자리에서 벌떡 일어났고 복도에서 금방이라도 달아나고 싶은 것을 간신히 참고 있는 듯했다.

"제 아이를 보고 싶습니다."

버튼 씨가 말했다.

간호사가 작게 비명을 질렀다.

"무…… 물론이에요"

그녀는 신경질적으로 소리쳤다.

"위층이에요. 바로 위층. 위로 올라가세요!"

그녀가 방향을 가리키자 버튼 씨는 온몸에 식은땀을 흘리면서 비틀거리며 돌아서서 계단을 오르기 시작했다. 위층에서 그는 손에 대야를 들고 다가오는 또 다른 간호사에게 말을 걸었다.

"저는 버튼이라고 합니다."

그는 어떻게든 똑똑히 말하려고 했다.

"제 아이를 보고 싶습……."

찰카당! 대야는 요란한 소리를 내며 마루에 떨어진 후 계단 쪽으로 굴러갔다. 찰카당! 찰카당! 대야는 이 신사가 일으킨 총체적인 공포를 분담하기라도 하는 듯, 한 계단씩 차례대로 떨어지기 시작했다.

"제 아이를 봐야겠습니다!"

버튼 씨의 외침은 거의 비명에 가까웠다. 그는 쓰러지기 일보 직전이었다.

찰카당! 대야가 1층까지 떨어졌다. 간호사는 겨우 정신을 차리고는 버튼 씨를 경멸에 가득 찬 시선으로 바라봤다.

"그래요, 버튼 씨."

그녀는 낮은 목소리로 동의했다.

"좋아요! 그렇지만 오늘 아침 그 일이 우리 모두를 어떤 상황으로 몰아넣었는지 안다면! 이건 정말 말도 안 되는 일이에요! 이 병원은 다시는 예전 명성의 그림자도 얻지 못할 거예요."

"빨리요!"

그는 목이 쉬도록 소리쳤다.

"정말 못 참겠어요!"

"그렇다면, 이쪽으로 오세요, 버튼 씨."

그는 그녀를 따라 무거운 발걸음을 옮겼다. 긴 복도 끝까지 가서 그들은 각양각색의 울음소리가 흘러나오는 방에 도착했다. 실로 그 방은 훗날의 용어로 '통곡의 방'이라고 불릴 법했다. 그들은 방으로 들어갔다. 벽을 따라 흰색 에나멜 칠을 한 여섯 개의 아기 침대가 있었고 각각의 머리 부분에는 이름표가 붙어 있었다.

"그럼."

버튼 씨가 숨을 가쁘게 쉬며 물었다.

"누가 제 아이입니까?"

"저기예요!"

간호사가 말했다.

버튼 씨의 눈이 간호사의 손이 가리키는 곳을 좇았다. 이것이 그가 본 것이다. 풍성한 흰 담요에 싸여 몸의 일부만 아기 침대에 억지로 밀어 넣어진 채, 언뜻 봐도 일흔은 되어 보이는 노인이 앉아 있었다. 그의 듬성듬성한 머리카락은 거의 백발이었고 턱에서부터 긴 잿빛 턱수염이 늘어져 있었는데 제멋대로 구불거리고 창에서 불어 들어오는 바람에 날려 부채꼴로 펼쳐졌다. 그는 당혹스러운 질문을 품은 흐릿하고 쇠퇴한 눈으로 버튼 씨를 올려 보았다.

"제가 미친 겁니까?"

버튼 씨는 고함을 질렀다. 그의 공포는 격분으로 바뀌었다.

"이건 뭐 무서운 병원식 장난이라도 되는 겁니까?"

"우리한테는 장난이 아니에요."

간호사가 단호하게 말했다.

"당신이 제정신인지 아닌지는 내가 모르겠지만 저 사람이 버튼 씨의 아이라는 건 틀림없어요."

버튼 씨의 이마에 식은땀이 갑절로 났다. 그는 눈을 감고 잠시 있다가 눈을 뜨고 다시 봤다. 잘못 본 것이 아니었다. 그는 일흔 노인을 응시하고 있었다. 일흔 살 아기라니, 그것도 양발을 아기 침대 양쪽에 걸쳐 밖으로 내밀고 있는 아기라니.

노인은 두 사람을 잠시 차례대로 평온한 눈으로 보더니 갑자기 목이 쉰 노인의 목소리로 말을 했다.

"당신이 내 아버지인가?"

그가 물었다.

버튼 씨와 간호사는 끔찍한 기분이 들었다.

"만약 당신이 내 아버지라면."

노인은 불평하기 시작했다.

"당신이 나를 이곳에서 나갈 수 있게 해 줬으면 좋겠네. 아니면 최소한 직원들에게 이 안에 편안한 요람을 갖다 놓으라고 하든지."

"당신은 어디서 왔습니까? 당신은 누구죠?"

버튼 씨는 미친 듯이 소리를 질러 댔다.

"나도 내가 누군지 정확하게 말할 순 없어."

불만스럽게 칭얼대는 말투로 대답했다.

"왜냐하면 나도 태어난 지 몇 시간밖에 안 되었거든. 하지만 내 성이 버튼인 것만은 확실하지."

"이 거짓말쟁이! 당신은 사기꾼이야!"

노인은 피곤하다는 듯 간호사 쪽으로 몸을 돌렸다.

"새로 태어난 아기를 멋지게도 환영하는군."

그는 힘없는 목소리로 투덜거렸다.

"저 사람에게 자신이 틀렸다고 좀 말해 주지 않겠나?"

"당신이 틀렸어요, 버튼 씨."

간호사는 단호하게 말했다.

"이 아이는 버튼 씨 아이가 맞아요. 그리고 최선을 다하셔야 할 거예요. 댁의 아들을 데리고 집으로 가 주세요. 가능한 한 오늘 중으로요."

"집으로요?"

버튼 씨는 믿기지 않는다는 듯이 되풀이했다.

"네, 우리는 저 사람을 여기에 둘 수 없어요. 우린 정말 그럴 수 없어요. 당신도 아시겠죠?"

"그거 참 잘됐군."

노인이 칭얼거렸다.

"여긴 조용한 취향을 가진 어린아이들을 두기에 퍽이나 좋은 장소야. 하도 소리 지르고 우는 통에 한숨도 못 잤다고. 먹을 것 좀 가져다주겠나."

이 부분에서 그의 목소리는 항의의 뜻이 담긴 날카로운 음으로 높아졌다.

"그리고 나한테 우유 한 병을 가져다줬을 뿐이지!"

버튼 씨는 그의 아들 옆에 있는 의자 위에 힘없이 주저앉아 손으로 얼굴을 가렸다.

“맙소사!”

그는 공포에 사로잡혀 중얼거렸다.

“사람들이 뭐라고 하겠어? 뭘 어떡해야 하지?”

“아드님을 댁으로 데려가세요.”

간호사는 우겼다.

“당장요!”

고통스러운 사람의 눈앞에 기괴한 그림이 무서울 만큼 명확하게 떠올랐다. 그의 곁에서 성큼성큼 걷고 있는 이 섬뜩한 존재와 함께 붐비는 도시의 거리를 지나 걷고 있는 자신의 그림이.

“그럴 수 없어. 난 못해.”

그는 한탄했다.

사람들은 걸음을 멈춰 그에게 물어볼 텐데, 그럼 뭐라고 말해야 하지? 그는 이 사람, 이 일흔 노인을 이렇게 소개해야만 할 것이다.

“이쪽은 오늘 아침에 태어난 제 아들입니다.”

그러면 그 노인은 자신의 담요를 여미고, 둘은 계속 터벅터벅 걸어갈 것이다. 북적거리는 가게와 노예시장을 지나서(암울한 한순간 버튼 씨는 그의 아들이 차라리 흑인이었으면 좋겠다고 열렬히 바랐다) 주택가의 호화스러운 집들을 지나, 요양원을 지나…….

"진정하세요! 정신 차리세요."

간호사가 호령했다.

"이것 봐."

노인이 불쑥 말을 꺼냈다.

"내가 이 담요를 두르고 집까지 걸어갈 거라고 생각했다면, 당신 한참 잘못 생각한 거야."

"아기들은 항상 담요를 둘러요."

노인은 작고 하얀 아기 포대기를 들어 심술궂게 탁탁 털었다.

"이것 봐!"

그는 떨리는 목소리로 말했다.

"이런 걸 나보고 입으라고 준비해 뒀다는 거야?"

"아기들은 다 그런 걸 입어요."

간호사가 딱딱하게 말했다.

"그렇다면."

노인은 말했다.

"이 아기는 2분 후엔 아무것도 안 입을 거야. 이 담요는 가려워. 적어도 침대 시트 정도는 가져다줬어야지."

"입고 있어요! 입고 있어!"

버튼 씨는 다급하게 말했다. 그는 간호사를 돌아보았다.

"내가 뭘 어떻게 해야 하죠?"

"시내로 가서 아드님이 입을 옷을 좀 사세요."
버튼 씨 아들의 목소리가 복도까지 그를 따라왔다.
"그리고 지팡이, 아버지. 나 지팡이 갖고 싶어."
버튼 씨는 바깥문을 세차게 쾅 닫았다.

2

"안녕하세요?"

버튼 씨는 체사피크 의류 회사의 점원에게 초조하게 말했다.

"아이에게 입힐 옷을 좀 사려고 합니다."

"아이가 몇 살이지요, 손님?"

"여섯 시간 정도요."

버튼 씨는 별생각 없이 대답했다.

"아기 용품 매장은 뒤에 있습니다."

"저, 제가 사야 하는 게 그건지 확실하게 모르겠습니다. 그러니까 아이가 유달리 몸집이 커서요. 보기 드물게, 음 그러니까 커요."

"제일 큰 아이 치수도 있습니다."

"남자아이 옷 매장은 어디 있습니까?"

버튼 씨는 필사적으로 말을 바꾸며 물었다. 그는 점원이 그의 부끄러운 비밀을 확실히 눈치챘다고 느꼈다.

"이쪽입니다."

"음."

그는 망설였다. 아들에게 남성복을 입히는 것은 생각만으로도 불쾌했다. 말하자면 아주 큰 남자아이 옷을 찾을 수만 있다면 그는 그 길고 끔찍한 턱수염을 잘라 버리고 백발은 갈색으로 염색하여 최악의 상태는 그럭저럭 감춘 채 자신의 자존심 같은 것을 유지할 수 있을 텐데. 볼티모어 사회에서의 그의 입장은 말할 것도 없고.

그러나 남자아이 옷 매장을 미친 듯이 뒤져 봐도 갓 태어난 버튼에게 맞는 옷은 하나도 없었다. 그는 가게를 탓했다. 이런 경우에는 가게 탓을 하는 것이 당연하다.

"아이가 몇 살이라고 말씀하셨지요?"

점원이 이상하다는 듯이 물었다.

"그러니까 열여섯 살입니다."

"오, 죄송합니다. 저는 여섯 시간이라고 말씀하신 줄 알았어요. 청소년 옷 매장은 다음 통로에 있습니다."

버튼 씨는 비참하게 돌아섰다. 그리고 그는 멈춰 서서 한층 밝아진 얼굴로 창가 진열대에 있는 마네킹을 가리켰다.

"저겁니다!"

그는 큰 소리로 외쳤다.

"저 옷으로 하겠습니다. 바깥쪽에 있는 마네킹이 입은 걸로요."

점원은 빤히 쳐다봤다.

"글쎄요."

그는 이의를 제기했다.

"저것은 어린이 옷이 아닌데요. 적어도 그렇긴 하지만, 그건 가장무도회용 옷이에요. 손님이 입으셔도 될 거예요."

"싸 주세요."

고객은 신경질적으로 말했다.

"내가 찾던 바로 그 옷입니다."

점원은 크게 놀라 시키는 대로 했다.

다시 병원으로 돌아온 버튼 씨는 신생아실로 들어가서 아들에게 꾸러미를 던지다시피 건넸다.

"네 옷이야."

그는 기분 나쁜 말투로 내뱉었다.

노인은 꾸러미를 풀어 야릇한 눈길로 내용물을 살펴봤다.

"나한텐 좀 우스워 보이는데."

그는 불평했다.

"나는 웃음거리가 되고 싶지 않은……."

"너는 이미 나를 웃음거리로 만들었어!"

버튼 씨는 맹렬히 대꾸했다.

"네가 얼마나 우습게 보일지 절대 신경 쓰지 마. 입어. 아니면 내가……, 내가…… 엉덩이를 두들겨 패 줄 테다."

그는 그것이 적절한 말이라고 생각했음에도 엉덩이를 때린다는 마지막 단어는 입에 담기 거북했다.

"알았어요, 아버지."

자식으로서의 공손함을 흉내 내는 게 기괴해 보였다.

"아버지가 더 오래 사셨으니 뭐가 제일 좋은 건지 아시겠죠. 분부대로 하지요."

조금 전처럼 '아버지'라는 소리에 버튼 씨는 끔찍한 기분이 들었다.

"좀 서둘러."

"서두르고 있어요, 아버지."

아들이 옷을 다 입자 버튼 씨는 우울하게 아들을 바라보았다. 의상은 물방울무늬 양말, 분홍색 바지, 넓은 흰색 깃과 벨트가 달린 블라우스였다. 길고 희끗희끗한 턱수염이 허리께까지 축 늘어져 물결치고 있었다. 보기에 좋지 않았다.

"잠깐!"

버튼 씨는 병원 가위를 잡고서는 세 번의 재빠른 가위질로 넓게 뒤덮은 턱수염을 잘랐다. 하지만 이렇게 손을 봤음에도 전체적인 조화는 완벽과는 한참 멀었다. 듬성듬성하게 남아 있는 머리숱과 눈물이 축축하게 어린 눈, 오래된 치아는 화려한 복장과 기묘하게 부조화를 이루고 있었다. 그러나 버튼 씨는 완고했다. 그는 손을 내밀었다.

"따라와!"

그는 단호하게 말했다.

그의 아들은 신뢰하며 손을 잡았다.

"나를 뭐라고 부를 거예요, 아빠?"

신생아실에서 걸어 나오면서 그는 떨리는 목소리로 말했다.

"한동안은 그냥 '아가'라고 부를 거예요? 더 나은 이름이 생각날 때까지요?"

버튼 씨는 으르렁거렸다.

"나도 몰라."

그는 사납게 대답했다.

"'므두셀라*'라고 부르는 게 어떨까."

---

* 창세기에서 969세까지 살았다는 전설상의 인물이다.

3

버튼 씨는 새로운 가족이 듬성듬성한 머리를 짧게 잘라 부자연스러운 검정색으로 염색을 하고, 바짝 면도를 해 얼굴에 광을 내고 소스라치게 놀라던 재단사가 만든 남자아이 옷을 갖춰 입어도, 그의 아들이 첫 번째 아기라고 하기엔 구색에 맞지 않는다는 사실을 외면하기란 불가능하다고 생각했다.

늙어서 허리가 구부정했지만 벤자민 버튼(적절하지만 거슬리는 므두셀라라는 이름 대신 그들이 부른 이름이다)은 키가 백칠십이나 되었다. 그의 옷은 이것을 가릴 수 없었고, 자르고 염색한 그의 눈썹도 아래에 있는 눈이 희미하고 눈물에 젖어 축축하고 피로하다는 사실을 감출 수 없었다. 사실, 미리 고용해 둔 보모는 아기를 한 번 보고는 몹시 분개하며 집을 떠났다.

그러나 버튼 씨는 그의 확고한 결심을 지켜 나갔다. 벤자민은 아기였고 아기여야 했다. 처음에 그는 벤자민이 따뜻한 우유를 좋아하지 않는다면 음식을 전혀 먹지 못할 것이라고 선포했지만 결국에는 절충안으로 그의 아들에게 버터 바른 빵, 그리고 심지어는 오트밀까지 제공하는 것으로 설득당하고 말았다. 어느 날 그는 딸랑이를 집으로 가지고 와서 벤자민에게 주며, “이걸 가지고 놀아라”라고 단호하게 강요했다. 그래서 노인은 지친 표정으로 그것을 받아 들었고 고분고분히 딸랑거리는 소리를 하루 종일 일정한 간격으로 들었다.

하지만 딸랑이가 그를 지치게 했다는 것에는 의심의 여지가 없었다. 그리고 그가 혼자 있을 때 마음을 달래 주는 다른 위안거리를 찾은 것이 분명했다. 예를 들자면, 버튼 씨는 어느 날 지난 일주일 동안 자신이 전보다 시가를 더 많이 피웠다는 것을 깨달았는데 이 현상은 며칠 후에 설명되었다. 그가 아기방으로 불쑥 들어갔을 때 방은 희미한 푸른 안개로 가득 차 있었고 벤자민은 죄지은 표정으로 검은 아바나 꽁초를 감추려 애쓰고 있었다. 이것은 물론 엉덩이를 심하게 두들겨 패야 할 일이었지만, 버튼 씨는 자신이 그 일을 할 수 없다는 것을 느꼈다. 그는 단지 아들에게 ‘성장에 방해가 된다’고 주의를 줬을 뿐이었다.

그럼에도 그는 그의 입장을 고수했다. 그는 납으로 만든 병정을 집으로 가지고 왔고, 장난감 기차를 가지고 왔고, 커다랗고 예쁜 동물 봉제 인형을 가지고 왔다. 그리고 그가 만들어 낸 환상을 완성하기 위해 (적어도 자기 자신에게라도) 그는 열정적으로 장난감 가게 점원에게 '아기가 분홍색 오리를 입에 넣어도 칠이 벗겨지지 않는지' 물었다. 하지만 아버지의 이런 모든 노력에도, 벤자민은 관심을 갖기를 거부했다. 그는 뒤쪽 계단으로 슬쩍 내려가서 브리태니커 백과사전 한 권을 가지고 아기방으로 돌아와서는 오후 내내 그것에 몰두하곤 했다. 그러는 동안 봉제 송아지 인형과 노아의 방주는 바닥에 내팽개쳐져 있었다. 이런 고집 앞에 버튼 씨의 노력은 소용이 없었다.

볼티모어에서 생긴 이 대사건은 처음에는 막대한 것이었다. 이런 불운이 버튼 부부와 그들의 친척에게 사교적으로 어떤 대가를 치르게 했는지는 가늠할 수 없었는데, 왜냐하면 남북전쟁이 발발하자 도시의 관심은 다른 것을 향했기 때문이다. 예의바르기 이루 말할 데 없는 소수의 사람들은 부모에게 해 줄 칭찬을 생각하느라 머리를 짜냈다. 그리고 마침내 아기가 제 할아버지를 닮았다고 선언하는 창의적인 지략을 생각해 냈고, 그것은 모든 일흔 노인들에게 공통적으로 나타나는 노화의 표준상태에 비추어 봤을 때 부정할 수 없는 사실이었다. 로저 버튼 씨 부부는 기쁘지 않았고 벤자민의 할아버지는 모욕당했다며 길길이 날뛰었다.

벤자민은 일단 병원을 떠나고 나자 인생을 있는 그대로 받아들였다. 함께 놀도록 남자아이들을 데리고 오면 그는 뻣뻣한 관절로 팽이치기와 구슬치기에 관심을 붙여 보려고 애쓰며 오후를 보냈다. 그는 거의 실수인 것처럼 새총으로 돌을 쏘아 부엌 유리창을 깨뜨리기도 했는데, 벤자민의 아버지는 이 위업을 남몰래 기쁘게 생각했다.

그 후 벤자민은 일부러 매일 무언가를 깨뜨렸다. 그러나 그가 이런 일을 하는 것은 단지 다른 사람들이 그에게 그것을 기대해서이고 그가 천성적으로 마음 씀씀이가 자상해서 그런 것이었다.

그의 할아버지가 가졌던 초반의 반감이 조금씩 사라지자, 벤자민과 그 신사는 서로가 곁에 있는 것에 큰 기쁨을 느꼈다. 그들은 몇 시간이고 앉아서 나이로 보나 경험으로 보나 서로 동떨어졌지만 마치 오랜 친구처럼 천천히, 일어나는 그날의 사건들에 대해 지칠 줄도 모르고 무미건조하게 이야기를 나누곤 했다. 벤자민은 부모와 함께 있을 때보다 자신의 할아버지와 함께 있을 때 더욱 편안함을 느꼈다. 부모는 항상 자신을 다소 두려워하는 것 같았고 그에게 독재적인 권위를 행사하면서도 자주 그를 "씨"라고 불렀다.

그는 태어났을 때 자신의 몸과 마음의 나이가 명백히 앞선 것이 다른 사람들과 마찬가지로 혼란스러웠다. 의학 잡지를 세세히 읽어 봤지만, 이러한 경우는 이전에 기록된 바가 없었다.

아버지의 재촉에 따라, 그는 진심으로 다른 소년들과 놀아 보려 노력했고 가벼운 경기에 참여하기도 했다. 미식축구를 하면 몸에 받는 충격이 너무 커서 그는 골절이 되거나 해 자신의 오래된 뼈가 붙지 않을까 봐 두려워했다.

다섯 살이 되자 벤자민은 유치원에 갔다. 그곳에서 그는 녹색 종이에 풀을 발라 오렌지색 종이 위에 붙이는 법과 색깔 있는 지도를 짜 맞추는 것과 끝없이 연결되는 마분지 목걸이를 만드는 기술을 전수받았다. 그는 이런 일들을 하는 도중에 몸을 기울여 꾸벅꾸벅 졸다가 잠이 들었고 이런 습관은 젊은 선생들을 화나게 하고 놀라게 했다. 여지 없이 그녀는 벤자민의 부모에게 불평을 했고 벤자민은 학교에서 쫓겨났다. 로저 버튼 부부는 친구들에게 아직 애가 너무 어린 것 같다고 했다.

벤자민이 열두 살이 될 무렵, 그의 부모는 그에게 익숙해졌다. 실제로 습관의 힘이란 무척 강한 것이어서 그들은 벤자민이 다른 아이들과 다르다는 것을 더는 느끼지 못했다. 하지만 그의 열두 번째 생일로부터 몇 주 후 어느 날, 벤자민은 거울을 보다가 깜짝 놀랄 만한 것을 발견하고야 말았다. 아니 발견했다고 생각했다. 그의 눈이 그를 속이는 건가, 아니면 그의 머리카락이 12년 인생 동안 흰머리를 감추려고 했던 염색에 못 이겨 흰색에서 철회색으로 변한 걸까? 그의 얼굴을 그물처럼 덮고 있던 주름들이 옅어진 걸까? 겨울이라 얼굴색이 불그스름해진 걸 감안하더라도 피부가 더 건강하고 탱탱해진 것일까? 그는 뭐라고 말할 수 없었다. 그는 자신이 더 이상 구부정하지 않고 생애 초반보다 신체 조건이 향상되었음을 깨달았다.

'어떻게 이런 일이…….'

그는 혼자 생각했다. 더 정확히 말하면 감히 생각할 수 없었다.

벤자민은 아버지에게 갔다.

"제가 자랐어요."

그는 단호하게 선언했다.

"저도 긴 바지를 입고 싶어요."

그의 아버지는 머뭇거렸다.

"글쎄."

그는 마침내 말했다.

"나는 잘 모르겠는데. 열네 살은 되어야 긴 바지를 입는데 너는 아직 열두 살이잖니."

"하지만 아버지도 인정하셔야 할걸요."

벤자민이 항의했다.

"제가 나이에 비해 덩치가 크다는걸요."

그의 아버지는 벤자민을 환상에 지나지 않은 생각에 잠겨 바라보았다.

"음, 꼭 그렇지만은 않은 것 같구나."

그는 말했다.

"나도 열두 살 때 너만큼 컸거든."

이것은 사실이 아니었다. 아들이 정상이라고 믿는 로저 버튼 씨가 자신과 한 암묵적인 합의의 일환일 뿐이었다.

마침내 타협이 이루어졌다. 벤자민은 계속 머리를 염색해야 했다. 자기 또래의 소년들과 놀려고 좀 더 노력해야 했다. 길거리에서 안경을 쓰거나 지팡이를 짚고 다니지 말아야 했다. 이런 양보의 대가로 그는 태어나서 처음으로 긴 바지를 입도록 허락을 받았다.

4

벤자민 버튼의 열두 살에서 스물한 살 사이의 인생에 대해서는 할 말이 거의 없다. 정상적인 비성장의 세월이라고 기록하는 것으로 충분하다. 벤자민이 열여덟이 되었을 때 그는 쉰 살의 남자처럼 몸이 곧게 펴졌다. 머리숱도 많아지고 색깔도 진회색이 되었다. 그는 힘차게 걸음을 걸었고 목소리는 갈라지고 떨리는 소리가 아닌 건강한 바리톤으로 낮아졌다. 그래서 그의 아버지는 벤자민을 코네티컷에 보내어 예일 대학 입학시험을 치르게 했다. 벤자민은 시험에 합격했고 신입생이 되었다.

합격 후 삼 일째 되던 날 벤자민은 대학 사무주임인 하트 씨로부터 자신의 사무실로 와서 시간표를 짜라는 통지를 받았다. 거울을 흘긋 보고 나서 벤자민은 머리를 갈색으로 염색할 때가 되었다고 판단했지만 옷장 서랍을 아무리 찾아봐도 염색약 병은 없었다. 그는 이내 그 전날에 염색약을 다 쓰고 병을 버렸다는 것을 기억해 냈다.

그는 궁지에 빠졌다. 5분 후에 사무주임 방에 가기로 되어 있었다. 어쩔 도리가 없는 듯했다. 그 모습 그대로 가야 했다. 그리고 그는 그렇게 했다.

"안녕하세요."

사무주임은 정중하게 인사를 했다.

"아드님 일로 오셨습니까?"

"저, 사실, 제 이름이 버튼입니……."

벤자민은 말하기 시작했지만 하트 씨가 그의 말을 잘랐다.

"만나 뵙게 되어 대단히 반갑습니다, 버튼 씨. 아드님이 조금 있으면 이리로 오기로 했습니다."

"그게 바로 접니다!"

벤자민은 소리쳤다.

"제가 신입생입니다."

"뭐라고요!"

"제가 신입생이라고요."

"농담하시는 거겠지요."

"전혀 아닙니다."

사무주임은 얼굴을 찌푸리고 그의 앞에 있는 학생 기록부로 눈길을 돌렸다.

"글쎄요, 여기에는 벤자민 버튼 씨의 나이가 열여덟 살이라고 되어 있는데요."

"그게 제 나이입니다."

벤자민은 얼굴을 약간 붉히며 주장했다.

사무주임은 피곤하다는 듯 벤자민을 쳐다보았다.

"버튼 씨, 지금 그걸 저보고 믿으라고 하시는 말씀은 아니겠지요?"

벤자민은 지친 미소를 보였다.

"전 열여덟 살입니다."

그는 반복해서 말했다.

사무주임은 엄중하게 문을 가리켰다.

"나가 주시오."

그는 말했다.

"이 대학에서 나가시오. 그리고 이 도시에서도 나가시오. 당신은 위험한 미치광이요."

"저 열여덟이에요."

하트 씨는 문을 열었다.

"말도 안 되는 소리!"

그는 소리쳤다.

"당신 나이의 사람이 이곳에 신입생으로 들어오려고 하다니.

열여덟 살이라고? 자, 당신이 이 도시를 떠나는 데 18분을 주겠소."

벤자민 버튼이 품위를 지키며 방에서 걸어 나왔고 복도에서 기다리고 있던 여섯 학생의 호기심 어린 시선이 그를 따라왔다.

벤자민은 조금 걸어가다가 몸을 돌리고는 여전히 문간에 서 있던 몹시 화난 사무주임에게 확고한 목소리로 되풀이했다.

"저 열여덟 살이에요."

학생들 무리에서 킥킥거리는 소리가 합창처럼 들려오는 가운데 벤자민은 걸어 나갔다.

그러나 그는 그렇게 쉽게 그곳을 빠져나올 운명은 못 되었다. 우울하게 기차역으로 걸어가고 있던 그는 학생들이, 그다음엔 떼를 지어서, 마침내 빽빽하게 많은 인파가 되어 따라오고 있는 걸 알았다. 어떤 미치광이가 예일 대학 입학시험에 합격하여 자기를 열여덟 살 청년으로 속이려고 했다는 말이 퍼져 나갔다.

흥분의 열기가 학교 내에 퍼졌다. 학생들은 모자도 안 쓰고 교실 밖으로 뛰쳐나왔고, 풋볼 팀은 훈련을 그만두고 무리에 끼었으며, 교수들의 부인들은 보닛은 비뚤어지고 허리받이는 옆으로 돌아간 채 소리를 지르며 행렬을 따라 달려갔다. 그곳에서 벤자민 버튼의 예민한 감수성을 겨냥한 비평들이 끊임없이 들려왔다.

"방랑하는 유대인*이 틀림없어!"

"그 나이에는 예비학교에 가야지!"

"저 신동 좀 봐!"

"저 사람은 여기가 양로원인 줄 알았나 봐."

"하버드에나 가라."

벤자민은 발걸음을 빨리했고 이내 달리기 시작했다. 그는 그들에게 보여 줄 것이다! 그는 하버드에 가고야 말 것이다. 그러면 그들은 이런 분별없는 조롱을 후회할 것이다!

볼티모어로 가는 기차에 안전하게 타고 나서 그는 창문 밖으로 머리를 내밀었다.

"당신들 후회하게 될 거야!"

그는 소리쳤다.

"하하!"

학생들은 웃었다.

"하하하!"

그것은 예일 대학이 여태껏 저지른 일 중 가장 큰 실수였다.

---

* 그리스도가 십자가를 지고 형장으로 가면서 휴식을 청했으나 거절했다. 그래서 '최후의 심판' 날까지 지상을 방황하는 운명을 짊어졌다.

5

1880년에 벤자민 버튼은 스무 살이 되었고, 그는 아버지를 도와 로저 버튼 상회에 일을 하러 감으로써 자신의 생일을 색다르게 기념했다. 그해는 벤자민의 아버지가 그를 여러 사교계 무도회에 데리고 가길 고집했던 '사교 모임 외출'에 그가 나가기 시작한 것과 같은 해였다. 로저 버튼은 이제 쉰이었고, 그와 그의 아들은 더욱더 사이가 좋아졌다. 사실 벤자민이(여전히 회색기가 있었지만) 머리를 염색하는 것을 그만둔 이후로 그들은 비슷한 연배로 보였고 형제 사이라고 해도 믿을 정도였다.

8월의 어느 밤에 그들은 정장을 차려입고 사륜마차에 올라 볼티모어 외곽에 위치한 섈빈의 시골 별장에서 열린 무도회로 향했다. 멋진 저녁이었다. 보름달은 광택 없는 백금색으로 길을 흠뻑 적셨고, 늦게 피는 곡식의 꽃들이 움직임 없는 공기 속으로 낮고 희미하게 들리는 웃음소리 같은 향기를 불어넣었다. 환한 밀로 양탄자를 깐 듯한 탁 트인 시골 풍경은 낮처럼 반투명했다. 그 하늘의 완전한 아름다움에 마음을 빼앗기지 않기란 거의 불가능했다. 거의.

"의류 산업의 전망이 좋아."

로저 버튼이 말하고 있었다. 그는 고상한 사람이 아니었다. 그의 미적 감각은 제대로 발달하지 못했다.

"나 같은 늙은이들은 새로운 기술을 배울 수가 없어."

그는 진심으로 우러나오는 말을 했다.

"위대한 미래가 앞에 펼쳐진 사람은 힘과 생명력이 넘치는 너희 젊은이들이지."

저 멀리 길 위로 섈빈의 시골 별장의 빛이 시야로 떠올랐고 한숨짓는 소리가 끊임없이 그들을 향해 다가왔다. 그것은 바이올린의 미세한 탄식과도 같은 소리이거나 달빛 아래 은색으로 빛나는 밀이 바람에 스치는 소리일지도 몰랐다.

그들은 문 앞에서 승객들이 내리고 있는 멋진 유개마차 뒤에 자신들의 마차를 댔다. 한 숙녀가 내렸고 그러고 나서 나이 지긋한 신사가, 그 뒤엔 젊은 숙녀 한 명이 내렸다. 참으로 아름다웠다. 벤자민은 화학적 변화라고 할 만한 현상이 그의 몸의 요소 하나하나를 분해하고 재조합하는 것을 느끼기 시작했다.

일순간 그의 몸이 굳어지고, 피는 그의 두 뺨과 이마로 솟아올랐고 귓속에서 쿵쿵거리는 소리가 끊임없이 들렸다. 첫사랑이었다.

그녀는 가냘프고 연약했다. 그녀의 머리카락 색은 달빛 아래서 잿빛으로, 현관의 탁탁거리며 타는 가스램프 아래서는 꿀빛으로 보였다. 어깨에는 검은색 나비 문양이 있는 부드럽기 그지없는 노란색의 스페인 망토를 걸쳤다. 그녀의 발은 풍성하게 부풀린 드레스의 밑단에 달린 반짝이는 단추 같았다.

로저 버튼은 그의 아들에게 기대었다.

“저 아가씨는…….”

그는 말했다.

“몽크리프 장군의 딸인 힐더가드 몽크리프야.”

벤자민은 냉담하게 고개를 끄덕였다.

“귀엽고 어리네요.”

그는 무관심한 듯 말했다. 하지만 검둥이 소년이 마차를 몰고 가 버리자, 그는 이렇게 덧붙였다.

“아빠, 저 소개 좀 시켜 주세요.”

그들은 몽크리프 양을 둘러싸고 있는 무리에 접근했다. 옛 전통에 따라 길러진 그녀는 벤자민 앞에서 한쪽 다리를 뒤로 살짝 빼고 무릎을 굽혀 인사를 했다. 그렇다. 그도 춤을 출 수 있을 것이다. 그는 그녀에게 감사를 표하고 걸어 나왔다. 비틀거리면서 나왔다.

그의 차례가 올 때까지의 시간은 필요 이상으로 끝없이 질질 끌면서 다가왔음에 틀림없다. 그는 말없이 수수께끼 같은 표정으로 벽에 붙어 서서, 열렬한 찬사를 얼굴에 가득 띤 채, 힐더가드 몽크리프 양의 주위를 빙빙 도는 볼티모어의 젊은이들을 죽일 듯한 눈으로 바라봤다. 그들이 벤자민에게 어찌나 불쾌해 보였는지, 그들은 참을 수 없을 만큼 발개져 있었다! 그들의 곱슬곱슬한 갈색 구레나룻은 그에게 소화불량과도 같은 느낌을 일으켰다.

그러나 그의 차례가 되어, 파리에서 온 최신 왈츠 곡에 맞춰 그녀와 함께 흐르듯 무대로 갔을 때, 그의 질투와 불안은 쌓인 눈처럼 녹아 내렸다. 황홀함에 눈이 멀어, 그는 삶이 이제 막 시작한 기분이었다.

"당신과 형님분은 우리와 같이 도착하셨지요?"

힐더가드가 밝은 푸른색 법랑 같은 눈으로 그를 쳐다보며 물었다.

벤자민은 망설였다. 만약 그녀가 자신을 아버지의 동생으로 알았다면 그녀에게 사실을 알려 주는 것이 최선일까? 그는 예일 대학에서의 경험을 떠올렸고, 그러지 않기로 결심했다. 숙녀의 말에 반박하는 것은 무례한 행동이다. 그의 출생에 관한 기괴한 이야기로 이런 절호의 기회를 망치는 것은 범죄이다. 나중에, 어쩌면. 그래서 그는 고개를 끄덕이고, 미소 짓고, 귀 기울이고, 행복해했다.

"나는 당신 연배의 남자들이 좋아요."

힐더가드가 말했다.

"어린 남자들은 너무 바보 같아요. 자기들이 대학에서 샴페인을 얼마나 많이 마셨는지, 카드게임에서 돈을 얼마나 잃었는지 같은 이야기나 하거든요. 당신 나이대의 남자들은 어떤 여자가 좋은지 제대로 볼 줄 알아요."

벤자민은 거의 청혼할 뻔했다. 그는 애써 충동을 억눌렀다.

"당신은 딱 낭만적인 나이예요."

그녀는 계속했다.

"쉰 살. 스물다섯은 너무 세상 물정에 밝고, 서른은 격무에 시달려 피폐해지기 십상이고, 마흔은 말할 때 시가 하나를 다 피울 정도로 이야기가 긴 나이죠. 예순은 음, 예순은 일흔에 너무 가까워요. 그렇지만 쉰은 원숙한 나이지요. 나는 쉰 살이 좋아요."

쉰 살이 벤자민에게는 영광스러운 나이로 여겨졌다. 그는 쉰이 되길 열렬히 고대했다.

"나는 항상 말했어요."

힐더가드가 계속 말했다.

"서른 살 남자와 결혼해서 내가 보살피느니 쉰 살 남자와 결혼해서 보살핌을 받는 게 낫다고요."

벤자민은 남은 밤이 꿀 빛 안개에 감싸인 듯했다. 힐더가드는 그에게 두 번 더 춤을 승낙했고 둘은 그날의 모든 논제에 놀랄 만큼 의견이 일치하는 걸 알았다. 그녀는 오는 일요일 그와 함께 드라이브를 가기로 했고 그들은 이 논제들에 대해 더 깊은 이야기를 나누기로 했다.

동트기 전 집으로 가는 마차 안에서, 첫 벌들이 윙윙거리고 희미해지는 달이 차가운 이슬에 가물거릴 때, 벤자민은 아버지가 도매 철물점 이야기를 하고 있음을 어렴풋이 인식했다.

"…… 그리고 못과 망치 다음으로 우리가 가장 신경 써야 할 게 뭐라고 생각하느냐?"

윗대 버튼이 말하고 있었다.

"사랑(love)이오."

벤자민이 멍하게 대답했다.

"돌기부(lugs)?"

로저 버튼이 외쳤다.

"돌기부 이야기는 방금 했잖니."

벤자민이 멍한 눈으로 아버지를 바라본 순간, 갑자기 동쪽 하늘이 빛으로 갈라지고 꾀꼬리가 생기를 띠기 시작하는 숲이 날카롭게 하품을 했다.

6

6개월 뒤 힐더가드 몽크리프와 벤자민 버튼의 약혼이 알려지자 ("알려졌다"고 말한 이유는 몽크리프 장군이 그것을 발표하느니 차라리 자기 칼 위로 몸을 던지겠다고 선언했기 때문이다.) 볼티모어 사교계의 흥분은 열광적으로 높아졌다. 거의 잊혔던 벤자민의 출생 관련 비화가 다시 일깨워지고, 악당 소설이나 믿기 힘든 형태로 각색되어 소문의 바람을 타고 널리 퍼져 나갔다. 벤자민이 사실은 로저 버튼의 아버지였다거나, 40년 동안 감옥에 있던 로저 버튼의 형이라거나, 변장한 존 윌크스 부스*라거나, 급기야는 그의 머리에서 두 개의 작은 원뿔이 솟아

* 에이브러햄 링컨을 암살한 미국 배우이다.

났다는 소문까지 돌았다.

뉴욕 신문의 일요일 부록은 물고기나 뱀, 그리고 심지어는 단단한 황동 몸에 벤자민 버튼의 머리를 붙인 흥미로운 삽화를 그려 이 사건을 대문짝만하게 실었다. 신문에 언급된 벤자민은 '메릴랜드의 불가사의한 사나이'였다. 흔히 그렇듯이, 진실을 다룬 기사는 잘 팔리지 않았다.

한편 볼티모어에서 어떤 남자와도 결혼할 수 있는 사랑스러운 소녀가 확실히 오십은 되었을 남자의 품으로 자신을 던진다는 건 '범죄 행위'라는 몽크리프 장군의 의견에 모든 사람이 동의했다. 로저 버튼이 자기 아들의 출생증명서를 《볼티모어 블레이즈》에 큰 지면으로 실었지만 소용이 없었다. 아무도 그것을 믿지 않았다. 밴자민의 모습을 본다면 누구나 알 수 있는 일이었으니까.

정작 가장 관련 있는 두 당사자들은 전혀 흔들리지 않았다. 약혼자에 대한 무수한 이야기가 하나같이 엉터리였기에 힐더가드는 사실인 것조차도 믿길 완고하게 거부했다. 몽크리프 장군은 딸에게 쉰 살의 남자들의, 아니면 적어도 쉰 살로 보이는 남자들의 높은 사망률을 지적했지만 소용이 없었다. 그는 딸에게 철물 도매 사업의 불안정성에 대해 말했지만, 그 역시 아무 소용이 없었다. 힐더가드는 원숙한 사람과 결혼하기를 선택했고, 그렇게 벤자민과 결혼했다.

7

적어도 한 가지 면에서는 힐더가드 몽크리프의 친구들이 잘못 생각하고 있었다. 철물 도매 사업은 놀랄 만큼 번창했다. 1880년에 벤자민 버튼이 결혼하고 1895년에 그의 아버지가 은퇴를 한 15년 사이에, 버튼 가문의 자산은 갑절이 되었다. 그리고 대부분 이것은 회사의 그 젊은 대표 덕분이었다.

말할 필요도 없이, 볼티모어는 결국 그 커플을 받아들였다. 심지어 늙은 몽크리프 장군조차도 저명한 출판사에서 아홉 번이나 거절당했던 스무 권짜리 《남북전쟁의 역사》를 벤자민이 대 준 돈으로 출판하게 되자 사위와 화해했다.

벤자민 자신에게도 15년 동안 많은 변화가 일어났다. 혈관을 타고 흐르는 피에는 새로운 활력이 넘치는 것 같았다. 아침에 일어나는 것, 바쁘고 햇빛이 쏟아지는 거리를 활기찬 걸음으로 걷는 것, 망치를 선적하고 못을 적재하는 일을 하는 것은 그를 지치게 하지 않았다. 오히려 그를 기쁘게 했다. 그가 유명한 사업상의 혁신을 달성한 것은 1890년의 일이었다. 그는 '못 선적용 상자를 박는 데 쓰이는 모든 못 또한 선적인의 재산'이라는 제안을 냈고, 이 제안은 파슬 수석재판관이 공인해 법령으로 제정되었으며, 로저 버튼 철물 도매 회사는 매년 육백 개 이상의 못을 절감할 수 있었다.

벤자민은 자신이 점점 더 인생의 쾌락적인 측면에 끌린다는 것을 알았다. 그가 볼티모어시에서 자동차를 소유하여 몰고 다니는 첫 번째 사람이라는 것이 쾌락에 대해 점점 더 커져 가는 그의 열정을 보여 주는 대표적인 사례였다. 그와 같은 연배의 사람들이 그를 길에서 만나면 그의 건강하고 활기 넘치는 모습을 부러운 눈으로 물끄러미 쳐다보며 "저 사람은 해마다 더 젊어지는 것 같아"라고 말했다.

그리고 이제 예순 다섯 살이 된 로저 버튼은 자신의 아들을 처음 만났을 때 환영하지 못했던 것을 속죄하려는 것처럼 지나치다 싶을 정도로 그를 칭찬했다.

여기서 우리는 가능한 한 빨리 피하고 지나가는 게 좋을 유쾌하지 않은 주제에 도달한다. 벤자민 버튼이 걱정하는 단 한 가지 문제가 있었는데 그것은 아내가 더 이상 매력적으로 느껴지지 않는다는 사실이었다.

그 무렵 힐더가드는 서른다섯의 여인이었고, 로스코라는 열네 살 된 아들이 하나 있었다. 결혼 생활 초반에 벤자민은 그녀를 숭배했다. 그러나 해가 지날수록 그녀의 꿀 빛 머리카락은 매력 없는 갈색으로 변했고, 푸른색 법랑 같았던 두 눈은 싸구려 도자기 같은 느낌을 풍겼다. 더욱이 무엇보다도 그녀는 자기만의 방식에 너무 안주한 나머지, 너무 잔잔하고, 너무 만족스러워하고, 신나는 것에도 활기를 보이지 않았으며, 취향도 너무 수수해졌다. 새 신부 시절 벤자민을 무도회나 저녁 식사에 '끌고' 다닌 사람은 바로 그녀였지만 지금은 상황이 역전되었다. 그녀는 그와 함께 사교 모임에 나갔지만 열의를 보이진 않았다. 언젠가는 우리 각자의 삶에 다가와 마지막까지 우리 곁에 머무는 무력감에 이미 그녀가 잠식된 것이다.

벤자민의 불만은 점점 더 커져 갔다. 1898년에 미국-스페인 전쟁이 발발하자, 가정에 매력을 거의 느끼지 못했던 그는 입대를 결심했다. 사업의 영향력으로 그는 대위로 임관했고, 업무에 잘 적응하여 소령으로 진급하더니, 때마침 그 유명한 산후안 언덕 공격에 참가하여 마침내 중령이 되었다. 그는 약간의 부상을 입고 훈장을 수여받았다.

벤자민은 활기차고 흥미진진한 군 생활에 강한 애착이 생겨 그만두고 싶지 않았지만 사업에 신경을 써야 했기 때문에 그의 임관을 사임하고 집으로 왔다. 그는 기차역에서부터 집까지 관악대의 호위를 받았다.

8

힐더가드는 커다란 비단 깃발을 흔들며 현관에서 남편을 맞이했고 벤자민은 그녀에게 키스를 하면서도 지난 3년이 그들에게서 대가를 거두어 갔다는 것에 심장이 가라앉는 것 같았다. 그녀는 이제 마흔의 여인이 되었고 머리에는 잿빛 머리카락이 희미한 접전을 벌이고 있었다. 그 광경에 벤자민은 우울해졌다.

방으로 올라가 벤자민은 익숙한 거울에 자신의 모습을 비추어 보았다. 가까이 가서 초조하게 자신의 얼굴을 살펴보고는 참전 직전에 유니폼을 입고 찍은 사진과 비교해 보았다.

"맙소사!"

그는 크게 소리쳤다. 그 과정이 여전히 진행되고 있었다. 의심의 여지가 없었다. 그는 이제 서른 살로 보였다. 기쁘기는커녕 걱정이 되었다. 그는 점점 젊어지고 있었다. 지금까지는 일단 신체 나이가 실제 나이와 같아지면 그의 탄생을 특이하게 만들었던 그 기괴한 현상의 작용이 멈추길 바랐다. 온몸에 전율이 흘렀다. 그에겐 끔찍하고 믿기 힘든 운명이었다.

아래층으로 내려오니 힐더가드가 그를 기다리고 있었다. 그녀는 화가 난 얼굴이었고, 그는 그녀가 결국 뭔가 잘못되었음을 안 게 아닐까 생각했다. 그가 세심한 방법이라고 판단해서 저녁 식사 자리에서 그 문제를 끄집어낸 것은 둘 사이의 긴장을 덜어 보려는 마음에서였다.

"저기 말이야."

그는 대수롭지 않다는 듯이 말문을 열었다.

"다들 내가 전보다 젊어진 것 같대."

힐더가드는 경멸에 찬 눈으로 그를 바라보았다. 그녀는 코웃음을 쳤다.

"당신은 그게 자랑하고 다닐 일이라고 생각해요?"

"자랑하는 게 아니야."

그는 기분이 상한 채로 힘주어서 말했다. 그녀는 또다시 코웃음을 쳤다.

"말도 안 돼."

그녀는 말했다. 그러고 잠시 있다가 말을 이었다.

"난 당신이 그걸 그만둘 만한 자존심은 있다고 생각해요."

"내가 어떻게 할 수 있겠어?"

그가 힐문했다.

"난 당신과 말다툼하고 싶지 않아요."

그녀가 반박했다.

"하지만 어떤 일을 함에는 옳은 방법과 그른 방법이 있다고 봐요. 당신이 다른 사람들 모두와 달라지기로 맘먹었다면 내가 당신을 말릴 수는 없겠죠. 하지만 나는 그게 진정 사려 깊은 행동이라고 생각하진 않아요."

"하지만 힐더가드, 나로서도 어쩔 수 없어."

"당신은 틀림없이 할 수 있어요. 단지 고집을 부리는 것뿐이에요. 당신은 남들과 똑같아지고 싶지 않다고 생각하죠. 항상 그래 왔고, 앞으로도 그럴 거예요. 하지만 남들도 매사에 당신처럼 생각한다면 어떻게 될지 생각해 보세요. 세상이 어떻게 돌아가겠어요?"

무의미하고 반박할 수 없는 논쟁이었기 때문에 벤자민은 아무런 대꾸를 하지 않았고, 그때부터 둘 사이의 골은 더욱 깊어졌다. 그는 그녀에게 자신의 마음을 빼앗을 만한 매력이 있기는 했는지 의아했다.

그런 불화 이외에도, 그는 새로운 세기가 진행될수록 쾌락에 대한 목마름이 점점 강해지는 걸 알 수 있었다. 볼티모어시에서 열리는 파티라면 어디라도 그가 빠지는 곳은 없었다. 젊은 유부녀들과 춤을 추고, 처음 사교계에 나온 여인들 중 가장 인기 있는 아가씨들과 잡담을 나누고, 또 그녀들과 함께 온 사람들 중에서도 호감 가는 사람을 발견하는 동안, 불길한 징조를 뿜어내는 귀부인인 그의 아내는 샤프롱들 사이에 앉아 때로는 거만하고 비난하는 표정을 짓고 또 어떨 때는 근엄하고 당혹스럽고 책망하는 눈으로 그를 좇았다.

“저것 좀 봐!”

사람들은 말했다.

“가엾어라! 저렇게 젊은 사람이 마흔다섯 살이나 먹은 여자한테 매여 살다니. 분명히 자기 아내보다 스무 살은 어릴 텐데 말이야.”

대개 사람들은 어쩔 수 없이 잊어버리기에, 그들은 과거 1880년에 자신들의 엄마와 아빠들 또한 이 안 어울리는 한 쌍에 대해 이러쿵저러쿵했던 것을 잊어버렸다.

벤자민은 점점 커져만 가는 가정사의 불행을 수많은 새 가십거리로 보상했다. 그는 골프를 시작해서 큰 성공을 거두었다. 그러다 춤에 마음을 붙여서 1906년에는 ‘더 보스턴’의 전문가가 되었고, 1908년에는 ‘맥신’의 명인으로 인정받았으며, 1909년에는 그의 ‘캐슬워크’가 도시의 모든 젊은이의 선망을 받기까지 했다.

물론 이러한 사교 활동으로 그의 사업에 어느 정도 지장이 생겼지만, 그 당시 그는 25년 동안 철물 도매 회사에서 열심히 일해 왔고, 최근에 하버드를 졸업한 그의 아들 로스코에게 사업을 곧 물려줄 수 있겠다고 생각했다.

사실 사람들은 종종 그와 그의 아들을 서로 혼동했다. 그럴 때면 벤자민은 흐뭇했고, 곧 미국-스페인 전쟁에서 돌아왔을 때 그를 덮쳤던 음험한 공포를 잊고 자신의 외모에 순수하게 기뻐하는 마음이 생겼다. 유일한 옥에 티가 있었으니, 그것은 벤자민이 아내와 함께 사람들 앞에 나서는 것이었고 그는 그것이 싫었다. 힐더가드는 거의 쉰이 다 되었고, 그녀의 모습을 보면 그는 정말 어이없다고 생각했다.

9

로저 버튼 철물 도매 회사가 젊은 로스코 버튼에게 넘겨지고 몇 년 후인 1910년 9월의 어느 날, 분명 스무 살 정도로 보이는 남자가 케임브리지의 하버드 대학에 신입생으로 들어갔다. 그는 다시는 쉰을 바라보지 못할 것이라는 말실수를 하지도, 자신의 아들이 10년 전에 같은 학교를 졸업했다는 사실을 언급하지도 않았다.

그는 입학 허가를 받았고 순식간에 동급생 중에서 두드러진 위치에 이르렀는데, 부분적인 이유는 평균 연령이 열여덟인 다른 신입생들보다 좀 더 어른스러워 보였기 때문이다.

그러나 그가 성공한 가장 큰 이유는 예일 대학과의 풋볼 경기에서 그가 탁월한 경기를 펼친 덕분이었다. 수없이 돌진하고 차갑고 무자비한 분노로 경기에 임해, 하버드대에 일곱 번의 터치다운과 열네 번의 필드골을 안겨 주며, 열한 명의 예일 대학 팀 선수를 차례로 경기장 밖으로 실려 나가게 만들었다. 그것도 의식불명 상태로 말이다. 그는 대학에서 최고의 유명 인사였다.

이상한 말이지만, 3학년이 되면서 그는 이제 더 이상 팀에 '들어갈' 수가 없었다. 코치들은 그의 체중이 줄었다고 했고, 그들 중 좀 더 예리한 관찰력을 가진 코치들의 눈에는 그의 키가 예전만큼 커 보이지 않았던 것이다. 이제 그는 터치다운을 하지 못했고, 실제로 그가 팀에 남아 있을 수 있었던 것은 단지 그의 막대한 명성이 예일 대학 팀에 공포와 혼란을 가져다줄 것이라는 기대 때문이었다.

4학년 때는 그는 한 번도 팀에 들어가지 못했다. 그는 너무 마르고 허약해져 어느 날은 몇몇 2학년들에게 1학년 취급을 받았고, 이 사건으로 그는 상당한 모욕감을 느꼈다. 그는 많아야 열여섯밖에 안 돼 보이는데 4학년이어서 일종의 신동으로 알려졌고, 그는 그의 동급생의 속된 언행에 종종 충격을 받았다. 공부하는 것도 점점 더 힘들어졌다. 수준이 너무 높은 것 같았다. 벤자민은 동급생들이 세인트 미다스라는 유명한 예비학교에 대해 이야기하는 것을 들었는데, 그중 많은 학생이 그곳에서 대학 입학을 준비했다고 해서 자신도 졸업 후 세인트 미다스로 들어가기로 결심했다. 그곳에서 자신과 몸집이 비슷한 소년들 사이에서 안전하게 사는 편이 맘 편할 것 같았다.

1914년에 학교를 졸업한 그는 하버드대 졸업장을 주머니에 넣고 볼티모어의 집으로 돌아왔다. 힐더가드는 지금 이탈리아에 살고 있어서 벤자민은 그의 아들 로스코와 살러 온 것이다. 그러나 대체로 환영을 받긴 했지만, 벤자민을 대하는 로스코의 감정에 따뜻한 진심은 찾아볼 수 없었다. 심지어 로스코는 사춘기 특유의 멍한 상태로 집 안 여기저기를 어슬렁거리는 벤자민을 걸리적거린다고 생각하는 기색을 역력히 보였다. 로스코는 결혼한 후 볼티모어에서 이제 막 저명인사가 되었던 터였으므로, 그의 가족과 관련된 어떤 소문도 새어 나가지 않길 바랐다.

벤자민은 더 이상 사교계에 갓 데뷔한 여성들이나 젊은 대학생들의 총아가 아니었다. 그는 이웃에 사는 열다섯 살 소년 서너 명과 어울릴 때를 제외하고는 주로 혼자 있었다. 그러다 그는 세인트 미다스 학교로 가려던 생각을 다시 떠올렸다.

“있잖아.”

어느 날 그는 로스코에게 말했다.

“예비학교에 가고 싶다고 여러 번 말했는데.”

“좋아요, 그럼 가세요.”

로스코가 짧게 대답했다. 그는 그 문제가 달갑지 않아 그것에 대해 이야기하는 걸 피하고만 싶었다.

"나 혼자서는 못 가."

벤자민이 무기력하게 말했다.

"네가 나를 입학시켜 주고 그곳으로 데려다줘야 해."

"전 시간이 없어요."

로스코가 퉁명스럽게 말했다. 그는 눈을 가늘게 뜨고 불쾌한 눈으로 아버지를 바라보았다.

"사실."

그가 덧붙여 말했다.

"이 일을 더 길게 끌지 않는 게 좋으실 거예요. 이제 그만하시죠. 당장, 당장."

그는 잠시 멈춰 마땅한 말을 찾느라 얼굴이 벌게졌다.

"당장 뒤돌아서서 반대 방향으로 돌아가시는 게 좋아요. 장난이라고 하기엔 너무 멀리 오셨어요. 더 이상 재미있지도 않아요. 제발, 제발 처신 좀 똑바로 하세요."

벤자민은 곧 눈물을 쏟을 것 같은 얼굴로 로스코를 쳐다보았다.

"그리고 또 한 가지."

로스코가 말을 이었다.

"손님들이 집에 왔을 때는, 저를 삼촌이라고 부르셨으면 좋겠어요. 로스코가 아니라 삼촌이라고요. 이해하시겠어요? 열다섯 살짜리 남자애가 제 이름을 막 부른다는 건 말이 안 되잖아요. 어쩌면 평소에도 항상 저를 삼촌이라고 부르시는 게 나을 지도 모르겠네요. 아버지도 익숙해지실 거예요."

로스코는 아버지를 매섭게 쏘아보고는 돌아서서 가 버렸다.

10

이 면담이 끝난 후, 벤자민은 우울하게 2층을 서성이다가 거울 속에 비친 자신의 모습을 똑바로 바라보았다. 그는 세 달 동안이나 면도를 하지 않았지만 신경 쓸 필요도 없는 희미한 하얀 솜털 말고는 얼굴에서 어떤 것도 발견하지 못했다. 그가 처음에 하버드에서 집으로 돌아왔을 때 로스코가 다가와, 안경을 쓰고 뺨에 가짜 구레나룻을 붙이는 것이 어떻겠느냐고 제안했다. 벤자민은 잠시 동안 어린 시절 웃음거리가 됐던 일이 되풀이되는 것 같았다. 구레나룻은 간지러웠고 수치스러웠다. 벤자민은 눈물을 흘렸고 로스코는 마지못해 누그러졌다.

벤자민은 소년 소설《바이미니 만의 보이 스카우트》를 펼쳐 읽기 시작했다. 하지만 그는 자신이 끊임없이 전쟁을 생각하고 있음을 깨달았다. 미국은 지난달에 연합군에 합류했고 벤자민은 입대하고 싶었지만, 안타깝게도 최소한 열여섯 살 이상은 되어야 했는데 이제 그는 그 나이로 보이지 않았다. 어쨌거나 그의 진짜 나이인 쉰일곱도 자격 미달이긴 마찬가지였다.

방문을 두드리는 소리가 나더니, 집사가 한 귀퉁이에 커다란 공식 인장이 찍힌 편지를 들고 나타났다. 벤자민은 그것을 열성적으로 뜯어 열고는 내용을 읽으며 기뻐했다. 미국-스페인 전쟁에 참여했던 예비역 장교 다수를 더 높은 계급으로 다시 소집한다는 내용이었다. 편지에는 즉시 입대하라는 명령과 함께 그의 미국 준장 임명장도 동봉되어 있었다.

벤자민은 열광적으로 몸을 떨며 자리에서 벌떡 일어났다. 이것이야말로 그가 원해 왔던 것이다. 그는 모자를 와락 움켜쥐고 10분 뒤 그는 찰스가의 대형 양복점에 들어가 불안정한 음역대의 목소리로 제복을 만들게 치수를 재어 달라고 했다.

"군대놀이 하려고 그러니, 얘야?"

점원이 별생각 없이 물었다. 벤자민은 얼굴을 붉혔다.

"이보세요! 내가 뭘 하든지 신경 쓰지 마세요!"

그는 화가 나서 대꾸했다.

"내 이름은 버튼이고 마운트 버넌 플레이스에 살아요. 그러니 옷값은 걱정 안 해도 된다는 건 아시겠죠."

"그렇다면."

점원은 주춤거리며 인정했다.

"네가 아니더라도 너희 아버지가 지불하시겠지. 좋아."

벤자민은 치수를 쟀고 일주일 후 그의 제복이 완성되었다. 적합한 장군 계급장을 구하기가 어려웠는데, 판매원이 벤자민에게 YWCA 배지가 더 근사하고 가지고 놀기에도 훨씬 더 재미있을 거라고 한사코 우긴 탓이었다.

로스코에게는 아무 말도 하지 않은 채, 벤자민은 어느 날 밤 집을 떠나 기차를 타고 그가 보병대를 지휘하기로 한 사우스캐롤라이나의 모스비 진영으로 향했다. 찌는 듯한 4월의 어느 날에 그는 진영 입구에 도착했고 기차역에서부터 그를 태워 준 택시의 요금을 지불하고 보초병을 돌아봤다.

"내 짐 옮길 사람 좀 데리고 오게!"

그가 의기양양하게 말했다. 보초병은 그를 나무라는 눈으로 바라보았다.

"이봐."

그는 말했다.

"장군 복장을 하고 어딜 가니, 얘야?"

미국-스페인 전쟁의 참전 용사였던 벤자민은 눈에 쌍심지를 켜고 보초병을 돌아보았지만, 안타깝게도 변성기의 목소리만 나올 뿐이었다.

"차렷!"

벤자민은 우레와 같은 소리를 지르려 했다. 그는 잠시 숨을 가다듬었고 이내 보초병이 갑자기 튕기는 듯 그의 발뒤꿈치를 한데 모으고 받들어총 자세를 취하는 모습을 보았다. 벤자민은 만족스러운 미소를 애써 감추려 했지만 옆을 흘긋 본 순간 그 미소는 사라졌다. 복종을 이끌어 낸 사람은 자신이 아니라 말을 타고 다가오고 있던 위풍당당한 포병대 대령이었다.

"대령!"

벤자민이 날카로운 목소리로 불렀다.

대령이 다가와서 고삐를 당기고 눈을 반짝이며 침착하게 그를 내려다보았다.

"어느 댁 아들이냐?"

그는 친절하게 물었다.

"내가 어느 집 아들인지는 곧 확실히 보여 주지."

벤자민은 사나운 목소리로 대꾸했다.

"그 말에서 내리게!"

대령은 크게 웃었다.

"말을 원하십니까? 그렇죠, 장군님?

"자!"

벤자민이 필사적으로 소리쳤다.

"이걸 읽어 보게."

그리고 그는 대령 앞으로 임명장을 내밀었다.

대령이 그것을 읽자, 그의 눈이 눈구멍에서 튀어나올 듯했다.

"이거 어디서 났니?"

그는 임명장을 자기 주머니에 밀어 넣으며 물었다.

"정부에서 받았네, 자네도 곧 알게 되겠지만!"

"나를 따라 오너라."

대령은 언짢은 얼굴로 말했다.

"사령부로 가서 이 문제에 대해 이야기해야겠구나. 따라오너라."

대령은 방향을 돌려 사령부 쪽으로 천천히 말을 몰기 시작했다. 벤자민은 있는 힘을 다해 위엄 있게 따라가는 수밖에 없었다. 속으로는 처절한 복수를 다짐하면서.

그러나 그 복수는 실현되지 못했다. 이틀 후, 아들 로스코가 볼티모어에서 갑작스럽게 오느라 화나고 짜증난 채로 나타나서 제복도 없이 눈물만 흘리고 있는 장군을 집으로 호송했다.

11

1920년에 로스코 버튼의 첫 번째 아이가 태어났다. 그러나 잔치에 참석하는 동안, 집 근처에서 납으로 만든 군인과 서커스 모형을 가지고 놀고 있는 분명히 열 살 정도로 보이는 그 꾀죄죄한 소년이 새로 태어난 아기의 할아버지라는 것을 언급해야 할 '사실'이라고 생각하는 사람은 아무도 없었다.

생기 있고 명랑한 얼굴에 어렴풋한 슬픔이 비치는 그 소년을 싫어하는 사람은 아무도 없었지만, 로스코 버튼에게는 그의 존재는 고통의 원천이었다. 로스코는 그 문제를 자기 세대 용어로 '효율적'이라고 생각하지 않았다. 아버지는 예순으로는 도저히 보이지 않는 데다가, '혈기왕성한 건장한 남자'(로스코가 제일 좋아하는 표현이다)답게 행동하지 않고 유별나고 비뚤어진 행동을 하는 것 같았다. 실제로 이 문제를 반 시간만 생각해도 미쳐 버릴 지경이었다. 로스코는 '활동가'라면 응당 젊게 살아야 한다고 믿었지만 저 정도까지 실행하는 것은 정말이지 비효율적이라고 생각했다. 로스코는 그 정도에서 생각을 마무리했다.

5년 후 로스코의 아들은 같은 보모가 돌보는 가운데 어린 벤자민과 함께 아이다운 놀이를 할 만큼 자랐다. 로스코는 둘을 같은 날에 유치원에 보냈는데, 벤자민은 작은 색종이 조각을 가지고 깔개와 고리 그리고 신기하고 아름다운 모양을 만드는 것이 세상에서 가장 흥미진진한 놀이라는 걸 알았다. 한 번은 벤자민이 못되게 굴어서 구석에 서 있어야 했지만(그때 벤자민은 울었다) 대부분은 그 활기찬 방에서 즐거운 시간을 보냈다. 창문으로는 햇빛이 들어오고 베일리 선생님의 애정 어린 손길이 이따금씩 그의 헝클어진 머리에 머물렀다.

로스코의 아들은 1년 후 1학년으로 올라갔지만, 벤자민은 여전히 유치원에 남았다. 그는 아주 행복했다. 때때로 다른 꼬마 아이들이 어른이 되면 무엇을 할 것인가에 대해 이야기할 때면, 그의 작은 얼굴에 그늘이 서렸다. 어렴풋하게 자신은 결코 함께 나눌 수 없는 것들이라는 사실을 깨달은 듯 말이다.

세월은 단조로운 일들로 채워지며 흘러갔다. 벤자민은 1년의 3분의 1 정도 유치원에 갔다. 하지만 그는 너무 어려서 빛나는 화사한 종잇조각들이 어디에 쓰는 건지 이해할 수 없었다. 벤자민은 몸집이 더 큰 다른 소년들 때문에 무서워서 울었다. 선생님이 말을 걸었지만 아무리 이해하려고 해도 전혀 이해할 수 없었다.

벤자민은 유치원을 그만 다녀야 했다. 풀을 빳빳이 먹인 줄무늬 무명 드레스를 입은 보모 나나가 그의 조그만 세계의 중심이 되었다. 날씨가 좋은 날이면 둘은 공원을 거닐었다. 나나가 커다란 회색 괴물을 가리키며 '코끼리'라고 말해 주면 벤자민은 그녀를 따라 말하곤 했다. 그런 날 밤엔 나나가 침대에서 옷을 갈아입혀 주는 동안 계속 되풀이하여 "코끼이, 코끼이, 코끼이"라고 크게 말하곤 했다. 때때로 나나는 벤자민이 침대에서 뛰게 놔두었는데 그것은 재미있었다. 정확하게 바로 앉으면 튕겨져서 다시 설 수 있고 뛰면서 오랫동안 '아' 하고 소리를 내면 목소리가 아주 기분 좋게 떨렸기 때문이다.

그는 모자 선반에서 큰 지팡이를 가지고 와서 의자와 테이블을 치며 "싸워, 싸워, 싸워"라고 말하고 돌아다니는 것을 무척 좋아했다. 사람들과 함께 있을 때 노부인들은 그를 보며 혀를 차는 소리를 냈는데 벤자민은 그것이 흥미로웠고, 젊은 숙녀들이 그에게 입 맞추려 드는 데에는 약간 심드렁해하며 응했다. 오후 5시가 되어 긴 일과가 끝나면 그는 나나와 함께 위층으로 올라가 나나가 숟가락으로 떠 주는 오트밀과 맛 좋고 부드러운 죽을 먹었다.

아기 침대에서 곤히 잠들 때면 골치 아픈 기억은 없었다. 용감했던 대학생 시절이나, 많은 소녀의 마음을 빼앗았던 빛나는 날들은 흔적도 떠오르지 않았다. 오로지 그의 아기 침대의 희고 안전한 벽과 나나, 때때로 그를 보러 오는 한 남자와 해 질 무렵 취침 시간 직전에 나나가 '해'라고 부르던 아주 커다란 오렌지색 공만 있을 뿐이었다. 해가 사라지면 그의 눈은 졸음으로 가득했고 어떤 꿈도 꾸지 않았다. 어떤 꿈도 그를 따라와 괴롭히지 않았다.

그의 부대를 이끌고 산후안 언덕을 점령했던 맹렬한 공격의 순간, 사랑했던 젊은 힐더가드를 위해 바쁜 도시에서 여름의 어스름이 지는 늦은 때까지 일했던 결혼 초반의 몇 년, 할아버지와 함께 먼로가의 어둑어둑해진 옛 버튼 저택에서 밤늦게까지 담배를 피우던 날들……. 이 모든 과거의 기억이 마치 결코 일어난 적이 없었다는 듯 그의 마음에서부터 실체가 없는 꿈처럼 희미해졌다.

벤자민은 마지막으로 먹은 우유가 따뜻했는지 아니면 차가웠는지, 하루하루가 어떻게 지나갔는지 또렷하게 기억하지 못했다. 오직 그의 아기 침대와 친숙한 나나의 존재만이 있을 뿐이었다. 그러다가 그는 아무것도 기억하지 못했다. 배가 고프면 울었다. 그것이 다였다. 낮에도 밤에도 그는 내내 숨을 쉬었고, 그의 위로 거의 들리지 않는 부드러운 중얼거림과 속삭임, 어렴풋이 알아차릴 수 있는 냄새, 그리고 빛과 어둠이 있었다.

그러다가 모든 것이 어두워졌고, 흰색 아기 침대와 그 위에서 움직이는 흐릿한 얼굴들, 따뜻하고 달콤한 우유의 향기는 그의 마음에서 모조리 희미해졌다.

머리와 어깨

1

1915년 호레이스 타박스는 열세 살이었다. 그해 그는 프린스턴 대학 입학시험을 치렀고 카이사르, 키케로, 베르길리우스, 크세노폰, 호메로스, 대수학, 평면 기하학, 입체 기하학, 화학에서 우수한 성적인 A학점을 받았다.

2년 후 조지 M. 코핸이 〈저쪽에서는〉을 작곡하고 있었을 때, 호레이스는 2학년들을 상당한 차이로 앞서며 '쇠퇴한 학문 양식으로서의 삼단논법'에 관한 논문들을 열중하여 읽고 있었다. 샤토티에리 전투가 벌어지는 동안 그는 책상에 앉아 '신사실주의들의 실용주의 경향'에 관한 연작 에세이를 쓰는 일을 열일곱 살이 될 때까지 기다려야 할지 말아야 할지 고민하고 있었다.

시간이 지나 어떤 신문팔이가 전쟁이 끝났다고 말해 주었고,

그는 기뻤다. 왜냐하면 그것은 피트브라더스 출판사가《스피노자의 지성 개성론》의 개정판을 출간한다는 것을 뜻했기 때문이다. 전쟁은 그 나름대로 장점이 있어, 젊은이들에게 자립심이나 그 비슷한 것을 갖게 했다. 하지만 호레이스는 거짓 휴전이 선포되던 날 밤, 그의 창문 아래로 관악대가 연주를 하도록 허락한 대통령을 절대로 용서할 수 없으리라고 생각했다. 그것 때문에 '독일 관념론'에 관한 그의 논문에서 중요한 말을 세 문장이나 빠뜨렸기 때문이다.

그다음 해에 그는 문학 석사 학위를 받으러 예일 대학에 들어갔다.

그때 그는 열일곱 살이었고 키가 크고 늘씬한 데다가 잿빛 눈은 근시였으며, 그가 내뱉는 한낱 말로부터 자신이 완전히 분리된 듯한 태도를 취했다.

"그 아이와는 대화를 하는 기분이 들지 않아."

딜린저 교수가 마음이 맞는 동료에게 털어놓았다.

"마치 내가 그 아이의 대변인과 말하는 것 같은 기분이 들지 뭐야. 그 아이는 항상 이렇게 말할 것만 같아. '그럼, 나 자신한테 물어보고 알아내도록 할게요.'"

그러고 나서 인생은 호레이스 타박스가 정육점 주인인 쇠고기 씨나 남성복점 주인인 모자 씨라도 되는 것처럼 무심하게 손을 뻗어 그를 움켜잡고 만지고 늘이고 토요일 오후 할인 코

너의 아일랜드 레이스 조각처럼 그를 펼쳤다.

문학적인 방식으로 접근하자면 이것은 모두 그 옛날 식민지 시대에 용감한 개척자들이 코네티컷의 황무지로 와서 "자, 이제 여기다 무엇을 지을까"라고 서로 질문을 했을 때, 그중 가장 대담한 사람이 "극장 경영자가 뮤지컬 코미디를 공연할 수 있도록 도시를 건설하자!"라고 대답했기 때문이라고 할 수 있다. 그 후 그들이 뮤지컬 코미디를 상연할 수 있도록 그곳에 어떻게 예일 대학을 세웠는지는 누구나 아는 이야기이다.

한편 12월의 어느 날, 〈홈 제임스〉가 슈버트 극장에서 상연되었고 모든 학생이 마르샤 메도우에게 앙코르를 요청했다. 그녀는 1막에서는 실수 연발의 늙은 장교에 대한 노래를 불렀고 마지막 막에서는 몸을 흔들고 떠는 유명한 춤을 추었다.

마르샤는 열아홉 살이었다. 그녀에게 날개는 없었지만 관객들은 대체로 그녀에겐 날개가 필요 없다는 데 의견을 같이했다. 그녀의 머리카락은 천연 금발이었고, 한낮에 거리를 다닐 때도 얼굴에 화장을 하지 않았다. 그것만 빼면 대부분의 여자들보다 더 나은 점은 없었다.

그녀에게 비범한 천재 호레이스 타박스를 친히 방문하면 펠멜 오천 개를 주겠다고 약속한 사람은 찰리 문이었다. 찰리는 셰필드에 사는 4학년생으로, 그와 호레이스는 사촌 지간이었다. 그들은 서로를 좋아했고 가엾게 여겼다.

호레이스는 그날 밤 특별히 바빴다. 프랑스인 로리에가 신사실주의의 중요성을 제대로 파악하지 못한 것이 그의 마음을 괴롭히고 있었다. 사실, 그의 서재를 두드리는 낮고 또렷한 소리에 그가 보인 반응이라고는 들을 귀가 없다면 두드리는 소리가 실제로 존재한다고 할 수 있을지 없을지에 관해 사색한 것뿐이었다. 그는 자신이 점점 더 실용주의를 향해 다가가고 있다고 자부했다. 하지만 그 순간, 비록 그 자신은 몰랐지만 그는 상당히 다른 어떤 것을 향해 놀라운 속도로 다가가고 있었다.

문을 두드리는 소리가 들렸다. 3초가 지났다. 다시 두드리는 소리가 들렸다.

"들어오세요."

호레이스가 반사적으로 중얼거렸다.

그는 문이 여닫히는 소리를 들었다. 하지만 난로 앞에서 큰 안락의자에 앉아 책에 열중하느라 고개를 들지 않았다.

"저쪽 방 침대에 올려 둬요."

그가 다른 것에 마음을 뺏긴 채 대답했다.

"저쪽 방에 무엇을 올려 두라고요?"

마르샤 메도우는 노래를 불러 대사를 전달해야 했지만, 말하는 목소리는 하프 연주를 보조하는 것 같았다.

"세탁물."

"난 못해요."

호레이스는 의자에 앉아 침착하지 못하게 몸을 흔들었다.

"왜 할 수 없어요?"

"왜라뇨, 나에겐 그게 없으니까요."

"흠!"

그는 퉁명스럽게 대답했다.

"그럼 다시 가서 가지고 와야겠군요."

호레이스가 앉은 난롯가 건너편에 안락의자가 하나 더 있었다. 그는 운동도 할 겸 방 안의 변화를 주기 위해 저녁 시간 중에 자리를 바꾸는 습관이 있었다. 한 의자는 버클리라고 불렀고, 다른 의자는 흄이라고 불렀다. 그는 갑자기 바스락거리는 소리를 내면서 희미한 물체가 흄에 주저앉는 소리를 들었다. 그가 흘긋 쳐다보았다.

"음."

마르샤가 2막(〈오, 공작은 내 춤을 좋아했어!〉)에서 사용한 미소를 지으며 말했다.

"음, 오마르 카이얌, 황야에서 노래를 부르며 내가 당신 곁으로 왔어요."

호레이스는 그녀를 멍하니 바라보았다. 그녀가 단지 그의 상상의 환영으로 그곳에 존재하는 것이 아닐까 하는 의심이 잠깐 들었다. 여자들은 남자의 방에 들어오지도 남자의 흄에 주저앉지도 않았다. 여자들이란 세탁물을 가져오고 전차에서 자리를 양보받고 훗날 속박을 알 만큼 나이가 들었을 때 결혼하는 존재였다.

이 여성은 흄으로부터 유형화된 것이 분명했다. 그녀의 얇고 가벼운 갈색 드레스의 부풀어 오른 모양은 저기 있는 흄의 가죽 팔걸이가 발산한 솜씨이리라! 충분한 시간을 두고 지켜본다면 그녀의 바로 곁에서 흄을 볼 수 있을 것이고, 곧 다시 방 안에 혼자 남게 될 처지였다. 그는 그의 두 눈 앞에 주먹을 이리저리 움직였다. 그는 정말로 이런 공중 곡예 운동을 다시 시작해야 했다.

"제발, 그렇게 비판하는 눈으로 보지 말아요!"

그 발산물이 쾌활하게 이의를 제기했다.

"당신의 전매특허품인 머리로 내가 사라지길 바라는 것 같은 생각이 드네요. 그렇게 되면 당신의 눈 속에 내 그림자 빼고는 나에 대해 남는 건 없어질 테죠."

호레이스는 기침을 했다. 기침은 그의 두 가지 몸짓 중의 하나였다. 그가 말을 하면 그에게 몸이 있다는 것을 까맣게 잊게 된다. 그것은 마치 오래전에 죽은 가수의 음반을 축음기로 듣는 것과 비슷했다.

"원하는 게 뭐죠?"

그가 물었다.

"편지요."

마르샤가 애처롭게 신파조로 말했다.

"1881년에 당신이 우리 할아버지에게서 산 내 편지들 말이에요."

호레이스가 곰곰이 생각해 보았다.

"당신 편지를 갖고 있던 적이 없어요."

그가 침착하게 말했다.

"나는 열일곱 살이에요. 우리 아버지도 1879년 3월 3일에야 태어났어요. 당신은 나를 다른 사람과 혼동한 게 틀림없어요."

"열일곱 살밖에 안 되었다고요?"

마르샤가 미심쩍은 듯 되물었고 호레이스가 대답했다.

"겨우 열일곱 살밖에 안 되었죠."

"한 소녀를 알고 있어요."

마르샤가 회상에 잠긴 듯 말했다.

"열여섯 살 때 열 살, 스무 살, 서른 살 역을 맡았죠. 그녀는 스스로에게 너무 심취해서 '겨우'라는 말을 앞에 붙이지 않고는 '열여섯 살'이라는 말을 한 적이 없었어요. 우리는 그녀를 '겨우 제시'라고 부르기 시작했어요. 그리고 그녀는 단지 시작했던 시간과 장소에 있었어요……. 더 나빠졌지요. '겨우'라는 말은 나쁜 습관이에요, 오마르…… 변명처럼 들리잖아요."

"내 이름은 오마르가 아닙니다."

"나도 알아요."

마르샤가 고개를 끄덕이며 수긍했다.

"당신의 이름은 호레이스지요. 난 그저 당신을 보니 다 피운 담배가 생각이 나서 오마르라고 불러 본 것뿐이에요."

"그리고 저에겐 당신 편지가 없습니다. 당신의 할아버지를 만난 적이 있었는지도 의심스럽네요. 사실 당신이 1881년에 살고 있었다는 것 자체도 말이 안 된다는 생각이 듭니다."

마르샤가 놀라서 그를 쳐다보았다.

"내가 1881년에요? 확실하다마다요! 플로로도라 6중창단이 아직 수도원에 있을 때 나는 두 번째 줄에 있었다고요. 내가 솔스미스 부인의 딸 줄리에트의 원래 보모였어요. 그리고 오마르, 난 1812년 전쟁 중에 군 위문 공연 가수였어요."

갑자기 호레이스의 생각이 좋은 방향으로 튀었고 그는 씩 웃었다.

"찰리 문이 당신을 이리로 보냈나요?"

마르샤가 아리송한 표정으로 그를 바라보았다.

"찰리 문이 누군데요?"

"작은 키에, 넓은 콧구멍에, 귀가 큰 사람이에요."

그녀가 몸을 똑바로 세우더니 코웃음을 쳤다.

"나는 친구의 콧구멍을 눈여겨보는 습관 따윈 없는데요."

"그럼 찰리였습니까?"

마르샤는 입술을 깨물고 이내 하품을 했다.

“화제를 바꾸기로 하죠, 오마르. 이 의자에 앉아 있다간 당장이라도 코를 골 것 같네요.”

“맞습니다.”

호레이스가 진지하게 대답했다.

“흄은 종종 수면제로 여겨지곤 하거든요.”

“그 사람이 누구인지…… 그가 죽나요?”

호레이스 타박스가 가냘프게 일어나 주머니에 손을 찔러 넣고 방을 서성이기 시작했다. 이것은 그의 또 다른 몸짓이었다.

“이런 일엔 관심 없어.”

그는 마치 자기 자신과 말하는 듯이 중얼거렸다.

“전혀. 당신이 여기 있는 게 싫다는 말은 아닙니다. 그렇진 않아요. 당신은 상당히 예쁜 사람이지만 찰리 문이 이리로 보냈다는 건 맘에 들지 않습니다. 내가 연구실의 실험 대상입니까? 화학자든 문지기든 실험할 수 있는? 어쨌거나 내 지적 발달이 우습나요? 내가 만화 잡지에 나오는 보스턴 꼬마 그림처럼 보이나요? 파리에서 보낸 주간에 대해 끝도 없이 떠들어 대는 그 조무래기 문에게 이럴 권리가…….”

“아니에요.”

마르샤가 목소리에 힘을 주어 말을 끊었다.

“그리고 당신은 다정한 사람이에요. 와서 키스해 줘요.”

호레이스가 그녀 앞에 지체 없이 멈춰 섰다.

“왜 나에게 키스해 달라고 하는 거죠?”

그가 잔뜩 집중해서 물었다.

“당신은 아무하고나 여기저기 키스하며 다니나요?”

“뭐, 그럼요.”

마르샤가 동요하지 않고 시인했다.

“삶이 그런 거죠. 그냥 이리저리 다니며 사람들과 키스하는 것.”

“글쎄요.”

호레이스가 단호하게 대답했다.

“당신의 생각은 끔찍하게도 이해할 수 없군요! 우선, 삶은 그런 게 아닙니다. 그리고 두 번째로, 나는 당신에게 키스하지 않을 겁니다. 버릇이 될지도 모르고, 나는 버릇을 잘 고치지 못해요. 올해는 7시 30분까지 침대에서 빈둥거리는 습관이 생겼어요.”

마르샤는 이해한다는 듯 고개를 끄덕였다.

“즐거운 일이 있기는 해요?”

그녀가 물었다.

“즐거운 일이라니 무슨 뜻이죠?”

“여길 보세요.”

마르샤가 준엄하게 말했다.

“나는 당신이 좋아요, 오마르. 하지만 나는 당신이 말하는 것에 대해 알고 말한다는 태도를 보여 줬으면 좋겠어요. 당신은 마치 입안에서 수많은 단어들을 입에 물고 가글을 하다가 그게 조금씩 새어 나갈 때마다 내기에서 지는 것처럼 말하잖아요. 당신에게 즐거운 일이 있기는 하느냐고 물었어요."

호레이스는 고개를 가로저었다.

"나중에는, 그럴 수도 있죠."

그가 대답했다.

"당신은 내가 계획이라는 걸 알았겠죠. 나는 실험 대상입니다. 그것 때문에 지겹지 않다고 말하고 있는 건 아니에요. 가끔은 그렇죠. 하지만, 오, 설명할 순 없어요! 당신과 찰리 문이 즐거움이라고 말한 것이 내게는 즐거움이 될 수는 없어요."

"설명해 주세요."

호레이스는 그녀를 빤히 쳐다보고는 말하기 시작했다. 그리고 곧 마음을 바꿔 다시 서성이기 시작했다. 그가 자신을 쳐다보고 있는지 아닌지를 알아내려고 해 봐도 제대로 되지 않자, 마르샤는 그를 보고 미소를 지었다.

"설명해 주세요."

호레이스가 뒤를 돌아봤다.

"내가 설명을 한다면, 찰리 문에게 내가 여기 없었다고 말할 것을 약속합니까?"

"그래요."

"그렇다면 좋습니다. 내 과거는 이렇습니다. 나는 '왜' 어린이였죠. 나는 일의 진척 사항을 알고 싶었습니다. 내 아버지는 프린스턴 대학의 젊은 경제학 교수였죠. 아버지는 내가 묻는 모든 질문에 능력이 허락하는 한 최선의 답변을 해 주는 방식으로 나를 키우셨어요. 그에 대한 나의 반응을 보고 아버지는 조숙함에 대한 실험을 해 보겠다는 생각을 하셨습니다. 이런 대학살에 힘을 보태려는지 내 귀에 문제가 생겼어요. 아홉 살에서 열두 살 사이에 수술을 일곱 번이나 받았습니다. 물론 이로 인해 나는 다른 소년들과 어울리지 못하고 조숙한 아이가 되어버렸죠. 어쨌든 내 또래 아이들이 리머스 아저씨에 흠뻑 빠져 있는 동안 나는 정말로 재미있게 카툴루스 원전을 읽었어요.

열세 살 때 대학 입학시험을 통과했어요. 어쩔 수 없었으니까요. 내가 주로 어울리던 사람들은 교수였고 나는 지능이 높다는 것을 알고 어마어마한 자신감을 갖게 되었어요. 특별한 재능을 갖고 있었음에도 다른 방면에서 비정상은 아니었으니까요. 열여섯 살이 되던 해에 나는 괴짜로 지내는 게 지겨워졌어요. 나는 누군가가 아주 지독한 실수를 저지른 거라고 결론을 내렸어요. 하지만 여기까지 온 김에 문학 석사 학위는 받고 마쳐야겠다고 결심했어요. 내 인생 최고의 관심사는 근대 철학을 연구하는 거예요. 나는 안톤 로리에 학파에 속한 현실주의자예요. 베르그송 철학으로 다듬어진. 그리고 난 두 달 후에 열여덟 살이 돼요. 그게 다예요."

"휴!"

마르샤가 탄성을 질렀다.

"그 정도면 충분해요! 훌륭한 연설이었어요."

"만족해요?"

"아니요, 아직 나에게 키스하지 않았잖아요."

"내 계획에 그런 건 없는데."

호레이스가 항변했다.

"내가 육체적인 것을 초월한 척하는 게 아니라는 걸 알아줘요. 그런 것들도 필요할 때가 있겠지만……."

"오, 그 지긋지긋한 이성적인 태도는 그만둬요!"

"나도 어쩔 도리가 없어요."

"나는 이런 자동판매기 같은 사람들이 싫어요."

"분명히 말해 두는데 나는……."

호레이스가 말을 하기 시작했다.

"오, 입 다물어요!"

"내 합리성은……."

"당신의 합리성에 대해 말한 게 아니에요. 당신 미국인 맞죠?"

"물론이오."

"좋아요, 그럼 됐어요. 난 당신이 교양 있는 계획 말고 다른 식으로 행동하는 것을 보고 싶은 마음이 생겼어요. 그 뭐라더라…… 브라질식으로 다듬은…… 당신이 뭐라고 했던 그것으로 당신이 조금이나마 인간다워질 수 있는지 보고 싶다고요."

호레이스가 다시 고개를 가로저었다.

"당신과 키스하지 않겠습니다."

"내 인생이 황폐해졌군요."

마르샤가 비참하다는 듯 중얼거렸다.

"난 만신창이가 된 여자예요. 나는 브라질식으로 다듬은 남자와 키스도 한번 못 해 보고 삶을 살아가겠죠."

그녀는 한숨을 쉬었다.

"어쨌거나, 오마르, 당신 내 공연을 보러 와 줄래요?"

"어떤 공연?"

"나는 〈홈 제임스〉에 나오는 악역 여배우예요."

"경가극 말이오?"

"그래요……. 연장 공연 중이죠. 인물 중 하나가 벼를 재배하는 브라질 사람이에요. 아마 당신도 재미있어 할걸요."

"나도 〈보헤미안 소녀〉를 한 번 본 적은 있어요."

호레이스가 큰 소리로 대꾸했다.

"그거 재미있었는데, 어느 정도는."

"그럼 올 거죠?

"글쎄요, 저는, 저는……."

"오, 나도 알아요. 당신이 주말엔 브라질로 가지 않으면 안

된다는 걸요."

"아니에요. 나도 가게 돼서 기뻐요."

마르샤가 손뼉을 쳤다.

"잘 생각했어요! 우편으로 공연 표를 보내 드리죠. 목요일 밤 공연 어때요?"

"음, 나는……."

"좋아요! 목요일 밤으로 하죠."

그녀는 자리에서 일어나 그에게로 걸어가서 양손을 그의 어깨에 올렸다.

"난 당신이 좋아요, 오마르. 놀려서 미안해요. 나는 당신이 냉혈한일 거라 생각했는데 좋은 남자네요."

그는 그녀를 냉소적으로 바라보았다.

"나는 당신보다 수천 세대는 더 오래된 사람이잖아요."

"당신 나이랑 잘 어울려요."

두 사람은 진지하게 악수를 했다.

"내 이름은 마르샤 메도우예요."

그녀가 목소리에 힘을 주어 말했다.

"기억해 둬요…… 마르샤 메도우. 그리고 찰리 문에게는 당신이 여기 있었단 말은 하지 않을게요."

잠시 후 마지막 계단을 한꺼번에 세 칸씩 뛰어가고 있던 그녀는 위층 난간에서 부르는 소리를 들었다.

"저기, 있잖아요……."

그녀는 멈추어 서서 위를 올려 보았다. 위에서 굽어보는 희미한 모습이 보였다.

"저기요!"

그 천재가 다시 소리쳤다.

"내 말 들려요?"

"들려요, 오마르."

"내가 키스를 본질적으로 이성적이지 않다고 생각한다는 인상을 주지 않았기를 바랍니다."

"인상이라고요? 아니, 당신은 나에게 키스를 하지도 않았잖아요! 걱정 말아요……. 그럼 안녕."

여성의 목소리에 호기심이 생겼는지 그녀 가까이에 있던 두 문이 열렸다. 위에서는 나지막한 기침 소리가 들렸다. 마르샤는 치마를 모아 쥐고는 마지막 계단에서 거침없이 뛰어내렸고 안개가 자욱한 코네티컷의 바깥 공기 속으로 사라졌다.

위층에서 호레이스는 서재 바닥을 왔다 갔다 했다. 때때로 그는 세련된 검붉은색의 훌륭한 자태로 기다리고 있는 버클리 쪽을 흘금거렸다. 그 책은 그의 쿠션 위에서 도발적으로 책장을 펼치고 있었다. 그리고 곧 그는 바닥을 돌 때마다 자신이 흄에 좀 더 가까이 다가가고 있다는 것을 알았다. 흄에는 불가사의하고 이루 말할 수 없이 특별한 무언가가 있었다. 그 어렴풋한 형체가 여전히 공중에서 맴도는 것 같았고 호레이스가 그곳에 앉는다면 그는 여성의 무릎 위에 앉은 기분이 들 것 같았다. 비록 호레이스가 그 차이의 성질에 적절한 이름을 붙일 수는 없었지만 대단한 특징이 있었다. 사색하는 사고에는 상당히 막연하지만 그럼에도 불구하고 실재하고 있었다. 흄은 그가 영향력을 미쳐 온 지난 200년 동안 한 번도 발산하지 않았던 무언가를 내뿜었다.

흄은 장미 향기를 발산하고 있었다.

2

목요일 밤, 호레이스 타박스는 다섯 번째 열 통로 측 좌석에 앉아 〈홈 제임스〉를 관람했다. 그 스스로도 이상하리만큼 자신이 즐거워하고 있음을 알았다. 그와 가까이에 앉은 냉소적인 학생들은 그가 해머스타인식의 케케묵은 농담에 소리 내어 감탄하자 짜증을 냈다. 하지만 호레이스는 마르샤 메도우가 재즈에 심취한 실수 연발의 늙은 장교에 관한 노래를 부르는 것을 가슴을 졸이며 기다렸다. 드디어 꽃으로 장식된 챙이 둘러진 모자 아래로 그녀의 빛나는 얼굴이 나타났다. 하지만 따뜻한 조명이 그의 위를 비추었을 때도, 그리고 노래가 끝났을 때도, 그는 우레와 같은 박수갈채에 동참하지 않았다. 그는 뭐랄까 마비가 된 느낌이었다.

2막이 끝나고 휴식 시간에 그의 옆에 안내원이 나타나 그가 타박스 씨가 맞는지 확인을 하더니, 그에게 둥글고 서툰 필적으로 쓰인 쪽지를 건네주었다. 호레이스는 약간 당황하며 그것을 읽었고 그동안 안내원은 통로에서 서서히 참을성이 사그라지는 것을 느끼며 우물쭈물 기다리고 있었다.

친애하는 오마르에게
공연이 끝나면 난 항상 극심한 배고픔에 시달려요. 당신이 태프트 그릴에서 내 배를 채워 주고 싶으면 이걸 가져다준 덩치 큰 안내원에게 답신을 줘요.

당신의 친구
마르샤 메도우

"그녀에게 말해 주세요."

그는 기침을 했다.

"그게 좋겠다고 전해 주세요. 내가 극장 정문에서 기다리겠노라고요."

덩치 큰 안내원은 거만하게 미소를 지었다.

"내 생각엔 극장 뒷문으로 나오란 말 같은데요."

"어디…… 그게 어디죠?"

"바깥, 좌로 꺾어, 골목으로 곧장."

"뭐라고요?"

"바깥으로 나가서 왼쪽으로 꺾으라고요! 그리고 골목으로 쭉 가라고요!"

그 거만한 사람은 물러났다. 호레이스의 뒤에 있던 신입생이 킬킬대며 웃었다.

그로부터 반 시간 후, 천연 금발과 마주 보며 태프트 그릴에 앉아 있는 그 천재는 엉뚱한 말을 하고 있었다.

"마지막 막에서 그 춤을 꼭 춰야 합니까?

그는 진심으로 물었다.

"그러니까 내 말은, 당신이 거절한다면 해고되느냐는 말이죠."

마르샤가 생긋 웃었다.

"그 춤을 추면 재미있어요. 나는 좋은데."

그다음 호레이스는 실례되는 말을 하고 말았다.

"나는 당신이 그걸 싫어한다고 생각했어요."

그가 간결하게 말했다.

"내 뒤에 앉은 사람들이 당신의 가슴에 대해 이러쿵저러쿵했거든요."

마르샤의 두 뺨이 타는 듯 붉어졌다.

"나도 어쩔 수 없어요."

그녀가 재빨리 말했다.

"나에게 춤은 일종의 곡예일 뿐이에요. 아아, 그만큼 하기 힘들어요! 매일 밤 한 시간씩 어깨에 약을 발라야 할 정도예요."

"당신은…… 무대 위에 있을 때 즐겁나요?"

"그럼요, 물론이죠! 사람들이 나를 쳐다보게 만드는 습관이 생긴걸요. 오마르, 난 그게 좋아요."

"음!"

호레이스는 골똘히 생각에 잠겼다.

"브라질식으로 다듬는 건 어떻게 돼 가고 있어요?"

"음!"

호레이스가 다시 소리를 내뱉고는 잠시 입을 다물고 나서 이렇게 말했다.

"이 다음 공연은 어디서 합니까?"

"뉴욕에서요."

"얼마 동안이나요?"

"상황에 따라 다르죠. 아마 겨울 내내."

"오!"

"나를 보러 온 거죠, 오마르? 아니면 관심이 없나요? 여기선 당신 방에 있을 때처럼 즐겁지 않죠? 지금 거기에 있으면 좋겠네요."

"이곳에선 바보가 된 기분입니다."

호레이스가 초조하게 주위를 둘러보며 실토했다.

"그것참 안됐네요! 여태까진 꽤 잘 지내 왔는데."

이 말에 그가 갑자기 울적해 보여서 그녀는 어조를 바꾸었고, 손을 뻗어 그의 손을 만지작거렸다.

"전에도 여배우와 저녁 먹으러 온 적 있어요?"

"없습니다."

호레이스가 안쓰럽게 말했다.

"그리고 앞으로도 그럴 일은 없을 것입니다. 오늘 밤 내가 왜 나왔는지 모르겠습니다. 여기 이 모든 조명 아래에 앉아 웃고 떠드는 이 모든 사람들과 함께 있으니, 내가 완전히 내 영역에서 벗어난 기분이에요. 나는 당신에게 무엇을 말해야 할지도 모르겠다고요."

"나에 대해서 이야기하면 되잖아요. 지난번엔 당신에 대해 이야기했으니."

"그럼 좋아요."

"음, 내 성은 진짜로 메도우가 맞지만, 이름은 마르샤가 아니라 베로니카예요. 열아홉 살이고요. 질문, 어쩌다 이 여자는 무대로 뛰어들게 되었나? 대답, 그녀는 뉴저지의 퍼세이크에서 태어났고 1년 전까지는 트렌턴에 있는 마르셀 찻집에서 나비스코를 팔며 연명했답니다. 그녀는 로빈스라는 이름의 남자와 사귀기 시작했는데, 그는 트렌트 하우스 카바레의 가수였고 어느 밤 자기와 함께 노래와 춤을 선보이자고 했어요. 한 달 뒤엔 매일 밤마다 저녁 식사 테이블이 가득 찼어요. 그리고 우리는 자기 친구를 만나 보라는 소개장을 냅킨 뭉치만큼 가득 들고 뉴욕으로 향했어요. 이틀 후 우리는 디바이너리스 극장에 일자리를 구했고 펠레 로얄에서 일하는 아이에게서 시미 춤을 배웠어요. 우리가 디바이너리스에서 여섯 달을 지내던 어느 밤, 칼럼니스트인 피터 보이스 웬델이 와서 우유 토스트를 먹었어요. 다음 날 아침에 놀라운 마샤에 대한 시가 그의 신문에 실렸고, 이틀 안에 나는 보드빌 공연단 세 곳에서 제의를 받고 미드나잇 프롤릭에서 공연할 기회를 얻었어요. 나는 웬델에게 감사 편지를 썼는데 그가 그것을 자기 칼럼에 실었어요. 다만 조금 거칠 뿐이지 칼라일의 문체와 비슷하니 내가 춤추는 걸 그만두고 북미 문학을 해야 한다면서요. 그 사건으로 보드빌 공연단 두어 곳에서 제의가 더 들어와서 정기 공연에서 천진한 소녀 역을 맡을 기회를 얻었죠. 나는 그 제의를 받아들였고 여기까지 온 거예요, 오마르."

그녀가 말을 마치자 둘은 잠깐 동안 아무 말 없이 앉아 있었다. 그녀는 마지막 남은 치즈 토스트의 치즈 가닥을 포크에 예쁘게 얹고 그가 말을 하기를 기다렸다.

"여기서 나갑시다."

갑자기 그가 말했다. 마르샤의 눈빛이 굳어졌다.

"그게 무슨 말이에요? 내가 비위라도 상하게 했나요?"

"아닙니다. 하지만 여기 있는 건 싫네요. 당신과 함께 여기

앉아 있기 싫습니다."

아무 말도 하지 않고 마르샤는 웨이터에게 손짓했다.

"얼마 나왔죠?"

그녀가 힘차게 말했다.

"내 거…… 치즈 토스트랑 진저에일요."

호레이스는 웨이터가 계산하는 것을 망연히 보고 있었다. 그러고 입을 열었다.

"이것 봐요, 나는 당신 것도 계산할 생각이었습니다. 당신은 내 손님이니까요."

한숨을 조금 내쉬며 마르샤는 자리에서 일어나 그곳을 떠났다.

호레이스는 당황한 기색을 역력하게 드러내며 지폐를 올려 두고 그녀를 따라 위층으로 올라가 로비로 갔다. 그는 엘리베이터 앞에서 그녀를 따라잡았고 둘은 서로를 마주 보았다.

"이것 봐요."

그가 다시 말했다.

"당신은 내 손님이에요. 내가 당신 기분을 상하게 하는 말이라도 했나요?"

잠깐 놀란 기색을 보이고 난 뒤, 마르샤의 눈빛이 한층 부드러워졌다.

"당신은 무례한 사람이에요!"

그녀가 천천히 말했다.

"당신이 무례하다는 거 몰라요?"

"그건 나도 어쩔 수 없어요."

호레이스가 단순 명쾌하게 말하자 그녀는 경계심이 풀리는 것을 느꼈다.

"내가 당신을 좋아한다는 걸 알잖아요."

"당신은 나와 함께 있는 것이 싫다고 했잖아요."

"싫었습니다."

"왜 싫어요?"

회색 숲과 같은 그의 두 눈에서 갑자기 불길이 타올랐다.

"싫으니까요. 당신을 좋아하는 버릇이 생겨 버렸습니다. 이틀 동안 다른 생각은 전혀 하지 못했습니다."

"그러니까, 만약 당신이……."

"잠깐만 기다려요."

그가 말을 잘랐다.

"당신에게 할 말이 있어요. 이겁니다. 6주 후에 나는 열여덟 살이 됩니다. 내가 열여덟이 되면 당신을 보러 뉴욕으로 갈 거예요. 뉴욕에 우리가 갈 만한 곳 중에 사람이 많지 않은 장소가 있을까요?"

"물론이죠!"

마르샤가 미소를 지었다.

"내 아파트로 오면 돼요. 원한다면 소파에서 자요."

"소파에서는 잘 수 없어요."

그가 짤막하게 말했다.

"하지만 당신과 이야기를 나누고 싶어요."

"그럼요, 물론이죠."

마르샤가 대답했다.

"내 아파트에서요."

호레이스는 마음이 격앙되어 주머니에 손을 넣었다.

"좋습니다. 그럼 당신과 단둘이서 만날 수 있겠군요. 내 방에서 했던 것처럼 이야기를 나누고 싶어요."

"귀여운 사람."

마르샤가 웃으며 외쳤다.

"나랑 키스하고 싶어서 그런 거예요?"

"네."

호레이스는 거의 소리치다시피 말했다.

"당신이 원한다면 키스할 겁니다."

엘리베이터 안내원이 그들을 원망하는 눈초리로 바라보았다. 마르샤는 삐걱거리는 문 쪽으로 조금씩 다가갔다.

"엽서 보낼게요."

그녀가 말했다. 호레이스의 두 눈이 몹시 이글거렸다.

"엽서 보내 주세요! 1월 1일 이후엔 언제든 갈게요! 그때가 되면 열여덟 살이 되어 있을 거예요."

그녀가 엘리베이터 안으로 들어가자, 그는 천장을 향해 알 수 없지만 어렴풋이 도전하는 듯한 기침을 하고는 재빨리 걸어갔다.

3

그는 또다시 그곳에 가 있었다. 그녀는 들떠 있는 맨하탄의 관중들을 향해 처음 시선을 던진 곳에서 그를 발견했다. 그는 맨 앞줄에 앉아 고개를 앞쪽으로 살짝 숙인 채, 회색 눈동자를 그녀에게 고정하고 있었다. 그녀는 그가 오직 둘만의 세상에 있다는 걸 알았다. 짙게 화장을 하고 줄지어 선 발레단의 얼굴도, 애절한 선율의 바이올린 합주도 대리석 비너스상 위의 먼지만큼도 느껴지지 않는 세상이었다. 본능적인 저항감이 그녀 안에서 타올랐다.

"바보 같은 사람!"

그녀는 허둥지둥 중얼거렸고 앙코르 요청도 받지 않았다.

"일주일에 100달러 받는 사람에게 뭘 더 바라는 거야, 끝없이 움직이란 말이야?"

그녀는 대기하는 동안 혼잣말로 툴툴거렸다.

"무슨 일이야, 마르샤?"

"내가 싫어하는 남자가 맨 앞줄에 앉아 있어."

마지막 막이 공연되는 동안 자신의 장기를 선보일 차례를 기다리고 있던 그녀에게 뜻밖에도 무대공포증이 엄습해 왔다. 그녀는 호레이스에게 약속했던 엽서를 한 번도 보내지 않았다. 지난밤 그녀는 그를 못 본 척하기도 했다. 춤을 마치자마자 극장에서 쏜살같이 달려와 아파트에서 불면의 밤을 보내며 지난달 수없이 했던 생각을 떠올렸다. 그의 창백하면서도 열망하는 얼굴과 날씬하고 소년 같은 모습, 무정하고 순진하리만큼 마음을 쏟는 모습에서 그녀는 매력을 느꼈다.

그리고 이제 그가 찾아오자 그녀는 막연히 미안한 생각이 들었다. 마치 익숙하지 않은 의무감을 강요받는 것처럼.

"풋내기 천재 같으니!"

그녀가 큰 소리로 말했다.

"뭐라고?"

그녀 옆에 서 있던 흑인 희극 배우가 물었다.

"아무것도 아니야……. 그냥 내 얘기를 한 거야."

무대에 오르자 그녀는 기분이 좀 나아졌다. 이것이 그녀의 춤이었다. 그리고 그녀는 예쁜 여자라고 해서 모두 남자에게 도발적으로 보이지 않는 것처럼 자신이 춤을 추는 방식도 도발적인 것은 아니라고 항상 생각했다. 그녀는 그것을 곡예라고 생각했다.

주택가로, 시내로, 숟가락에 젤리를 얹고,
해가 지면 달빛에 몸을 떨지.

그는 이제 그녀를 보고 있지 않았다. 그녀는 분명히 알 수 있었다. 그는 태프트 그릴에서 지었던 표정을 하고서 무대 배경에 그려진 성을 면밀히 바라보고 있었다. 분노의 파도가 그녀를 휩쓸었다. 그는 그녀를 비난하고 있는 것이었다.

나를 전율케 하는 건 그 떨림이야.
내가 사랑으로 충만하다니, 우습기도 하지.
주택가로, 시내로…….

억누를 수 없는 섬뜩함이 그녀를 덮쳤다. 첫 출연 이후로 그런 적이 없었는데 그녀는 갑자기 무서울 만큼 관객이 신경 쓰였다. 앞줄의 창백한 얼굴이 음흉하게 쳐다본 걸까? 어린 소녀의 입은 역겨워서 처진 걸까? 그녀의 두 어깨…… 떨고 있는 이 두 어깨…… 이것은 그녀의 걸까? 진짜로 떨고 있는 걸까? 분명히 이러려고 있는 어깨가 아닌데!

그러면…… 당신은 한눈에 알게 될 거예요.
내게 성 비투스 춤을 추는 장례식 안내원들이 필요하다는걸.
이 세상의 끝에서 나는…….

바순과 두 대의 첼로가 마지막 화음을 향해 치닫고 있었다. 그녀는 동작을 멈추고 모든 근육을 긴장시키며 잠시 발끝으로 섰고, 그녀의 앳된 얼굴은 후에 어린 소녀가 '이상하고 당혹스러운 표정'이라고 부른 표정으로 관중을 멍하니 바라보았다. 그러고는 인사도 없이 무대에서 뛰쳐나갔다. 분장실로 뛰어 들어가 드레스를 급히 벗어 던지고 다른 옷으로 갈아입고서 밖으로 나가 택시를 잡았다.

그녀의 아파트는 아주 따뜻했고 정말이지 작았다. 프로 작가들의 그림들이 진열돼 있고, 이전에 푸른 눈의 외판원에게 구입하여 가끔씩 읽는 키플링과 오 헨리의 작품집이 있었다. 그리고 짝을 맞춘 의자가 여럿 있었는데 그중 편안한 것은 하나도 없었고, 찌르레기가 그려진 분홍색 갓을 씌운 전등은 주위를 온통 분홍색으로 비추어 갑갑한 분위기로 만들었다. 괜찮은 물건들도 있었다. 괜찮은 물건들은 남이 부추겨 산 것과 성급한 안목으로 그때그때 구입한 것들이라 서로에게 가차 없이 적대감을 드러내었다. 최악의 물건은 참나무 껍데기 액자에 든 커다란 그림으로 이리 철도에서 바라본 퍼세이크의 풍경을 담은 것이다. 활기찬 분위기로 꾸미기엔 전체적으로 요란하고 터무니없이 비싸거나 궁상맞은 물건들이었다. 마르샤도 실패작이란 걸 알고 있었다.

천재가 방 안으로 들어와 서툴게 그녀의 두 손을 잡았다.

“이번엔 당신을 따라왔습니다.”

그가 말했다.

“오!”

“나와 결혼해 주세요.”

그가 말했다. 그녀는 그에게 팔을 뻗었다. 열정적이면서도 조심스럽게 그의 입에 키스했다.

“자!”

“당신을 사랑해요.”

그가 말했다. 그녀가 또다시 키스를 했고 작게 한숨을 쉬며 안락의자 위로 몸을 던지고는 반쯤 드러누워 기가 막힌다는 듯이 몸을 흔들며 웃었다.

“아, 풋내기 천재 같으니!”

그녀가 외쳤다.

“좋습니다, 원한다면 그렇게 불러요. 예전에 내가 당신보다 만 살은 더 많다고 말했죠. 그렇다니까요.”

그녀는 또다시 웃음을 터뜨렸다.

"나는 비난받고 싶지 않아요."

"그 누구도 다시는 당신을 비난할 수 없을 겁니다."

"오마르, 왜 나와 결혼하려는 거죠?"

그녀가 물었다. 천재는 일어나 주머니에 손을 찔러 넣었다.

"내가 당신을 사랑하기 때문입니다, 마르샤 메도우."

그때부터 그녀는 더 이상 그를 오마르라고 부르지 않았다.

"이봐요, 당신도 내가 당신을 어느 정도 사랑하고 있다는 걸 알 테죠. 당신에겐 무언가가 있어요……. 뭔지 알 순 없지만…… 내가 당신 곁에 있을 때마다 내 가슴을 옥죄는 것 같아요. 하지만 당신……."

그녀는 말을 멈추었다.

"하지만 뭐죠?"

"하지만 많은 문제들이 있어요. 당신은 이제 겨우 열여덟 살이고 나는 거의 스무 살이에요."

"그만둬요!"

그가 말을 잘랐다.

"이렇게 생각해 봐요. 나는 열아홉에 가깝고 당신은 열아홉 살입니다. 우리는 썩 비슷합니다. 내가 말한 만 살을 빼면 말이에요."

마르샤가 웃음을 터뜨렸다.

"하지만 그것 말고도 '하지만'이 더 있어요. 당신 주변 사람들……."

"내 주변 사람들!"

천재가 매섭게 소리쳤다.

"내 주변 사람들은 나를 괴물로 만들려고 했어요."

그는 말하려는 내용이 너무나도 지독했기에 얼굴이 벌겋게 달아올랐다.

"내 주변 사람들은 뒤로 물러나 앉아 있을 거예요!"

"맙소사!"

마르샤가 놀라 소리쳤다.

"그게 다예요? 잔말 말고 떠나라고 해야죠."

"떠나라고…… 그래야죠."

그가 격렬하게 찬성했다.

"어떻게 해서라도. 그들이 나를 말라빠진 작은 미라가 되도록 내버려 둔 걸 생각하면 할수록……."

"대체 어쩌다 그런 생각을 하게 됐어요?"

마르샤가 나지막한 목소리로 물었다.

"나 때문인가요?"

"그래요. 당신을 알게 된 후로 내가 거리에서 만났던 모든 사람이 나를 질투하게 만들었습니다. 사랑이 무엇인지를 내가 알기 전에 그들이 먼저 알고 있었으니까요. 나는 그걸 '성적 충동'

이라고 말하곤 했습니다. 맙소사!"

"'하지만'이 더 있어요."

마르샤가 말했다.

"그게 뭐죠?"

"어떻게 먹고살죠?"

"내가 돈을 벌겠습니다."

"당신은 대학생이잖아요."

"당신은 내가 문학 석사 학위를 따는 데만 관심이 있는 줄 압니까?"

"나에 관한 석사가 되고 싶은 건가요, 그래요?"

"그럼요! 뭐라고요? 내 말은, 아닙니다!"

마르샤가 웃었고 즉시 그의 무릎 위에 앉았다. 그는 그녀를 격정적으로 끌어안고 그녀의 목 언저리에 키스 자국을 남겼다.

"당신에겐 격렬한 무언가가 있어요."

마르샤가 유심히 바라보았다.

"하지만 대단히 논리적인 말은 아니네요."

"오, 그 지긋지긋한 이성적인 태도는 그만둬요!"

"나도 어쩔 수 없어요."

마르샤가 말했다.

"나는 이런 자동판매기 같은 사람들이 싫습니다."

"하지만 우린……."

"제발 입 다물어요!"

마르샤는 더 이상 말을 할 수 없게 되자 귀를 기울이고 있을 수밖에 없었다.

4

호레이스와 마르샤는 2월 초에 결혼을 했다. 그 사건은 예일 대학과 프린스턴 대학 학계 모두에 엄청난 파장을 불러일으켰다. 열네 살에 대도시 신문의 일요판 지면에서 크게 다루었던 호레이스 타박스가 자신의 경력과 미국 철학의 세계적인 권위자가 될 기회를 내던지고 일개 코러스 걸과 결혼했다. 그들은 마르샤를 코러스 걸로 만들어 버렸다. 그러나 현대의 기사들이 다 그렇듯 그 놀라운 소식은 나흘 반 후엔 잠잠해졌다.

그들은 할렘가에 아파트를 얻었다. 일자리를 구하는 2주 동안 학문적 지식의 가치에 대한 호레이스의 생각은 가차 없이 퇴색해 버렸고, 그는 남미 수출 회사에 사무원 자리를 얻었다. 누군가가 그에게 수출업이 앞으로 유망한 분야라고 귀띔해 주었기 때문이다. 마르샤는 몇 달 동안 자신의 공연을 계속할 생각이었다. 어쨌든 그가 자립할 때까진 그래야 했다. 그는 우선 125달러를 받고 있었고, 회사에선 두 배로 인상되는 것이 시간 문제일 뿐이라고 했지만, 마르샤는 그 당시 자신이 벌던 주급 150달러를 포기할 생각이 조금도 없었다.

"우리를 머리와 어깨라고 부르기로 해요, 여보."

그녀가 부드럽게 말했다.

"그리고 나이 든 머리가 시작 준비를 할 때까지 어깨는 조금 더 흔들어야겠어요."

"그건 싫은데."

그가 침울하게 반대했다. 그녀가 목소리에 힘을 주어 대답했다.

"음, 당신 월급으론 집세를 낼 수가 없어요. 내가 사람들 앞에 나서고 싶어서 이런다고 생각하지 말아요. 그건 아니에요. 난 당신의 것이 되고 싶어요. 하지만 방 안에만 틀어박혀 당신을 기다리는 동안 벽지의 해바라기나 센다면 난 멍청이가 될지도 몰라요. 당신이 한 달에 300달러를 벌게 되면 그만둘 거예요."

자존심에 금이 갔지만 호레이스는 그녀의 생각이 더 현명하다는 걸 인정할 수밖에 없었다.

3월이 무르익어 4월이 되었다. 5월은 맨해튼의 공원과 호수에 멋진 경고를 들려주었고 그들은 무척 행복했다. 습관이라곤 전혀 없던 호레이스는(그런 걸 만들 시간이 전혀 없었다) 남편 역할이 가장 적합하다는 것을 입증했고, 마르샤는 그가 몰두하는 주제에 대해 의견이라고는 전혀 없었으므로 부딪힐 일이 거의 없었다. 둘의 마음은 다른 영역에서 움직였다. 마르샤는 실질적으로 일꾼 역할을 했고 호레이스는 추상적 관념이 지배하던 자신의 예전 세계에 있거나 아니면 아내에 대해 의기양양하게 현실적인 숭배와 예찬을 하며 지냈다. 그에게 그녀는 끊임없는 경이로움의 원천이었다. 그 생기와 독창성 있는 마음가짐, 역동적이고 냉철한 활력, 그리고 끊임없는 쾌활함이 그러했다.

마르샤가 자신의 재능을 새로이 발휘하게 된 9시 공연을 함께하는 동료들은 남편의 정신적 능력에 대한 그녀의 엄청난 자부심에 감명을 받았다. 그들이 알기로 호레이스는 단지 호리호리하고 입을 굳게 다물었으며 덜 자란 어린 남자로 매일 밤 아내를 기다리다 집으로 데려가는 사람일 뿐이었기 때문이다.

"호레이스, 가로등을 등지고 거기 서 있으니 유령 같아 보여요. 체중이 줄었어요?"

어느 저녁 평소처럼 11시에 남편을 만나자 마르샤가 말했다. 그는 고개를 살짝 저었다.

"나도 모르겠어요. 회사에서 오늘 내 월급을 135달러로 올려주었어요. 그리고……."

"난 신경 안 써요."

마르샤가 단호하게 말했다.

"밤에 일하느라 당신 몸이 망가지고 있잖아요. 이렇게 커다란 경제 관련 서적까지 읽고……."

"경제학이겠지."

호레이스가 바로잡아 주었다.

"아무튼 당신은 내가 잠들고 난 뒤에도 매일 밤늦게까지 읽잖아요. 게다가 결혼하기 전에도 그랬지만 등이 점점 더 굽고 있어요."

"하지만, 마르샤, 난 그래야만……."

"아뇨, 그럴 필요 없어요, 여보. 지금 이 가게를 꾸려 가는 사람은 나인 것 같고, 난 내 동업자가 건강과 시력을 망치도록 놔둘 수 없어요. 당신은 운동을 좀 해야 해요."

"하고 있어요. 매일 아침마다……."

"그래요, 나도 알고 있어요! 하지만 당신이 갖고 있는 이런 아령들로는 폐병 환자의 체온을 2도도 높여 주지 못할 거예요. 내가 말하는 건 진짜 운동이에요. 체육관에 등록해요. 예전에 당신이 민첩한 체조 선수여서 대학 팀 대표로 나갈 뻔한 적 있다고 한 말 기억나요? 허브 스펜서와 약속을 잡는 바람에 못 나갔다고 했던."

"그걸 즐기긴 했어요. 하지만 지금 그걸 하려면 시간을 너무 많이 잡아먹어요."

호레이스가 생각에 잠겨 말했다.

"좋아요, 당신과 거래를 하기로 하죠. 당신이 체육관에 등록하면 나는 저 갈색 책들 중에서 한 권을 읽을게요."

"《피프스의 일기》를? 음, 아마 재미있을 거예요. 부담 없이 읽을 만해."

"나한텐 아닐걸요. 그렇지 않아요. 판유리를 소화시키는 기분이 들 거예요. 하지만 당신은 그게 내 시야를 얼마나 넓혀 줄지 모른다고 끊임없이 말했지요. 그러니까 당신은 주 3회 체육관에 가고 나는 새미를 엄청나게 복용하기로 해요."

호레이스가 망설였다.

"글쎄……."

"자, 어서! 당신은 나를 위해 철봉 체조를 하고 나는 당신을 위해 교양을 쌓기로 해요."

결국 호레이스는 그녀의 제안을 받아들였고 푹푹 찌는 여름 내내 일주일에 세 번, 어떨 땐 네 번씩 스키퍼 체육관에서 체조용 그네로 이런저런 시도를 하며 저녁 시간을 보냈다. 8월에는 그 덕분에 낮 시간에 정신노동을 더 많이 할 수 있게 되었다고 마르샤에게 털어놓았다.

"멘스 사나 인 코르포레 사노."*

---

* '건강한 신체에 건전한 정신을'이라는 뜻의 라틴어 격언이다.

그가 말했다.

"그런 거 믿지 마요."

마르샤가 대답했다.

"내가 한번은 그런 특허받은 약을 먹었는데 다 뻥이더라고요. 당신은 체조에만 전념해요."

9월 초의 어느 날 밤, 호레이스가 아무도 없는 체육관의 링 위에서 비틀기 동작을 하고 있는데 사색에 잠긴 뚱뚱한 남자가 말을 걸어왔다. 그 남자가 며칠 밤 동안 자신을 지켜보고 있었던 걸 그도 알고 있었다.

"여보게, 젊은이. 어젯밤에 했던 묘기 좀 보여 주지."

호레이스는 횃대 위에서 씩 웃었다.

"제가 고안한 겁니다."

그가 말했다.

"유클리드의 네 번째 정리에서 착안했지요."

"그 사람은 어느 서커스 단원인데?"

"죽었어요."

"그 사람은 묘기를 부리던 도중에 목을 부러뜨린 게 틀림없구먼. 어젯밤에 여기 서서 자네 목이 부러지고 말 거라고 생각했지."

"이렇게요?"

호레이스가 말을 하고는 철봉 위에서 빙빙 돌며 묘기를 부렸다.

"그렇게 하면 목과 어깨 근육에 무리가 가지 않나?"

"처음엔 그랬지만 일주일도 안 돼서 'Quod Erat Demonstrandum'*이라고 쓰게 됐죠.

"으흠!"

호레이스는 철봉에서 한가하게 빙빙 돌았다.

"전문적으로 해 볼 생각은 없나?

그 뚱뚱한 남자가 물었다.

"전 아니에요."

"만약 자네가 그런 곡예를 훌륭하게 해낸다면 수입도 꽤 짭짤할 텐데."

"다른 것도 있어요."

호레이스가 의욕에 불타 목소리를 높였고 뚱뚱한 남자는 분홍색 운동복 차림의 프로메테우스가 다시 한번 신과 아이작 뉴턴에게 도전하는 것을 보고 갑자기 입을 쫙 벌렸다.

이런 만남이 있은 후 그다음 날 밤, 일을 마치고 집에 온 호레이스는 마르샤가 창백한 얼굴로 소파에 뻗고 누워 자신을 기다리는 것을 보았다.

"나 오늘 두 번 기절했어요."

---

* 증명 끝, 수학의 정리(定理) 문제의 증명 끝에 쓴다. 약어로 Q. E. D.라고 한다.

그녀가 단도직입적으로 말했다.

"뭐라고요?"

"그래요, 이제 네 달만 있으면 아기가 나온대요. 의사말로는 내가 2주 전에 춤추는 걸 그만두었어야 했대요."

호레스가 자리에 앉아 곰곰이 생각해 보았다.

"물론 기뻐요."

그는 생각에 잠겨 말을 했다.

"그러니까 내 말은 우리가 아기를 가져 기쁘단 말이에요. 하지만 아기를 낳으면 돈이 많이 들어요."

"통장에 250달러가 있어요."

마르샤가 희망에 차서 말했다.

"그리고 2주치 봉급도 들어올 거고요."

호레이스가 재빨리 계산해 보았다.

"내 봉급까지 더하면 다음 여섯 달 동안 거의 1,400달러는 있겠군요."

마르샤가 우울해 보였다.

"그게 다예요? 물론 나도 이번 달에 어디든 노래 부르는 일을 얻을 수 있어요. 그리고 3월에 다시 일을 하러 갈 수 있고요."

"당치 않은 소리!"

호레이스가 퉁명스럽게 말했다.

"당신은 집에서 쉬어야 해요. 자 생각해 봅시다. 의사와 간호사 비용과 거기다 가정부 비용이 들겠군요. 돈이 좀 더 필요하네요."

"그런데 그 돈을 어디서 구해야 할지 모르겠네요. 이제 그건 나이 든 머리에 달린 일이에요. 어깨는 폐업했으니까요."

호레이스가 일어나 서둘러 외투를 입었다.

"어디 가는 거예요?"

"생각난 게 있어서요. 금방 돌아올게요."

그가 대답했다.

10분 후 그는 스키퍼 체육관으로 이어지는 길을 향해 갔다. 그가 앞으로 하려는 행동이 웃기기는커녕 잔잔한 경이로움마저 느껴졌다. 1년 전만 하더라도 입을 딱 벌렸을 것이다! 다른 사람들도 입을 딱 벌렸을 것이다! 하지만 삶의 두드림에 문을 열면 많은 것이 들어온다.

체육관엔 불이 환하게 켜져 있었고, 그의 눈이 불빛에 순응하자 사색에 잠긴 그 뚱뚱한 남자가 캔버스 매트 더미 위에 앉아 커다란 시가를 피우는 모습이 보였다.

"저, 지난밤에 철봉 묘기로 돈을 많이 벌 수 있다고 하신 말씀 진심인가요?"

호레이스가 바로 말을 꺼냈다.

"그럼, 물론이네만."

뚱뚱한 남자가 놀라며 말했다.

"저, 계속 생각해 봤는데 한번 해 보고 싶습니다. 밤에 그리고 토요일 오후에 할 수 있습니다. 그리고 보수가 충분히 많아지면 정식으로 하고요."

뚱뚱한 남자가 시계를 보았다.

"그럼 찰리 폴슨을 만나 보게. 일단 자네 묘기를 보고 나면 나흘 안에 계약할 거야. 지금은 여기 없지만 내일 밤엔 찾아올 테니."

뚱뚱한 남자는 약속을 지켰다. 찰리 폴슨이 다음 날 밤 찾아왔고 그 천재가 공중에서 놀라운 포물선을 그리는 것을 보며 경이로운 시간을 보냈다. 그리고 그다음 날 밤에 그는 나이 지긋한 남자 두 명을 데려왔는데, 그들은 마치 검은 시가를 피우며 나지막하고 열의에 찬 목소리로 돈에 관해 이야기하려고 태어난 사람처럼 보였다. 그 주 토요일에 호레이스 타박스의 몸통이 콜먼 스트리트 가든스에서 열린 체조 박람회에서 프로 선수로 첫선을 보였다. 관중들이 5천 명 가까이나 있었지만 호레이스는 전혀 긴장되지 않았다. 어린 시절부터 청중들 앞에서 논문을 읽으면서 상황에서 벗어나 침착하게 대처하는 요령을 배웠기 때문이다.

"마르샤, 위기는 벗어난 것 같아요. 폴슨이 곡마장 개막 공연을 나에게 맡기려는 모양이에요. 그리고 그 말은 겨울 내내 일거리가 있단 뜻이고. 당신도 알다시피 그 곡마장은 크고……."

"응, 나도 들어 본 적 있어요. 하지만 난 당신이 하고 있는 묘기에 대해 알고 싶어요. 그거 사람들 앞에서 자살 시늉하는 묘기 같은 거 아니에요?"

"전혀 아니에요."

호레이스가 조용히 말했다.

"하지만 당신을 위해 위험을 감수하는 것보다 더 멋진 자살 방법을 생각할 수 있다면, 바로 그게 내가 죽고 싶은 방법이에요."

마르샤가 두 팔을 뻗어 그의 목을 꼭 끌어안았다.

"키스해 줘요."

그녀가 속삭였다.

"그리고 날 '소중한 사람'이라고 불러 줘요. 난 당신이 '소중한 사람'이라고 말하는 게 정말 좋아요. 내일 읽을 책을 좀 가져다줘요. 샘 피프스는 더 이상 안 돼요. 시시하고 하찮은 걸로. 난 온종일 뭐 할 일 없나 싶어 미쳐 버리겠어요. 편지를 쓰고 싶었지만 쓸 사람이 아무도 없어요."

"나에게 써요, 내가 읽을게."

호레이스가 말했다.

"나도 그랬으면 좋겠어요."

마르샤가 속삭였다.

"세상에서 가장 긴 연애편지를 당신에게 쓸 수 있을 만큼 단어를 많이 안다면 말이에요. 지치지도 않겠죠."

그러나 두 달 후 마르샤는 실제로 대단히 지쳐 버렸다. 매일 밤마다 녹초가 되어 몹시 걱정하는 얼굴을 한 젊은 운동선수가 곡마장의 관중 앞으로 걸어 나갔기 때문이다. 그런 후 이틀 동안 흰색이 아닌 옅은 파란색 옷을 입은 젊은이가 그의 자리를 대신했고 박수를 거의 받지 못했다. 하지만 이틀 후 호레이스가 다시 나타났고 무대 가까이에 앉아 있던 사람들은 젊은 곡예사의 얼굴에 행복이 넘치는 것을 보았다. 심지어 그가 놀랍고 독창적인 어깨 회전을 하며 공중에서 숨이 멎을 듯 비틀기를 할 때도 그랬다. 공연 후 그는 엘리베이터 안내원을 보며 웃음을 던지고는 한 걸음에 다섯 계단씩 뛰어올라 아파트를 단숨에 올라갔다. 그러고는 매우 조심스럽게 조용한 방 안으로 살금살금 들어갔다.

"마르샤."

그가 속삭였다.

"어머!"

그녀는 힘없는 얼굴로 그를 향해 미소를 지었다.

"호레이스, 뭘 좀 해 줬으면 해요. 내 책상 서랍 안에 보면 두꺼운 종이 뭉치가 있을 거예요. 그건 일종의 책이에요, 호레이스. 꼼짝 못 하고 있던 지난 세 달 동안 쓴 거예요. 당신이 피터 보이스 웬델에게 그걸 좀 가져다줬으면 해요. 그 사람은 신문에 내 편지를 실었던 사람이에요. 좋은 책이 될지 말지 얘기해 줄 거예요. 내가 말하는 식대로 썼어요. 그 사람에게 그 편지를 썼던 식으로 말이에요. 그냥 나에게 일어났던 많은 일에 관한 이야기예요. 그 사람한테 가져다주겠어요, 호레이스?"

"그럼, 자기."

그는 침대에 기대어 그녀의 베개를 나란히 베고는 그녀의 노란 머리카락을 뒤로 쓸어 주기 시작했다.

"사랑하는 마르샤."

그가 부드럽게 말했다.

"아니야, 내가 말했던 대로 불러 줘요."

그녀가 웅얼거렸다.

"소중한 사람, 가장 소중한 사람."

그가 열정적으로 속삭였다.

"아기를 뭐라고 부르죠?"

둘은 잠시 행복하고 달콤하게 나른한 상태로 쉬었고 호레이스는 곰곰이 생각을 했다.

"마르샤 흄 타박스라고 부르는 게 좋겠어요."

마침내 그가 말을 했다.

"흄은 왜요?"

"왜냐하면 그 친구가 우리를 처음 소개해 줬으니까요."

"그랬던 거예요?"

그녀가 졸린 가운데 놀라며 중얼거렸다.

"그 사람 이름이 문인 줄 알았는데."

그녀의 눈이 감겼고, 잠시 후에 그녀의 가슴을 덮은 이불이 느리고 길게 오르락내리락하며 그녀가 잠들었음을 알려 주었다.

호레이스는 책상으로 살금살금 걸어가 맨 위의 서랍을 열었고, 빽빽하게 휘갈겨 쓴 연필 자국으로 가득한 종이 뭉치를 발견했다. 그는 첫 장을 보았다.

중략(中略)된 산드라 피프스

마르샤 타박스 지음

그는 빙그레 웃었다. 결국 새뮤얼 피프스가 그녀에게 감명을 주었다는 말이었다. 그는 페이지를 넘겨 읽기 시작했다. 그의 미소는 더욱 짙어졌다. 그는 계속해서 읽어 나갔다. 30분이 지나자, 그는 마르샤가 일어나 침대에서 자신을 지켜보고 있다는 걸 알아차렸다.

"자기."

속삭이는 말이 들려왔다.

"왜요, 마르샤?"

"그거 맘에 들어요?"

호레이스가 기침을 했다.

"계속 읽고 싶어지는데. 기지가 엿보여요."

"피터 보이스 웬델에게 가져다줘요. 자기가 예전에 프린스턴 대학에서 최고 점수를 받았고 좋은 책을 알아볼 줄 안다는 것도 말하고 이 책이 크게 성공할 거라고 말해 줘요."

"알았어요, 마르샤."

호레이스가 온화하게 말했다.

그녀의 눈이 다시 감기자, 호레이스는 다가가 그녀의 이마에 입을 맞췄다. 그리고 애정 어린 연민의 표정으로 잠시 서 있었다. 그러다 방에서 나갔다.

그날 밤 내내 종이 위에 휘갈겨 쓴 글자와 철자와 문법상의 부단한 오류, 불가사의한 구두점이 그의 눈앞에서 춤을 추었다. 그는 밤중에 여러 번 잠에서 깨었고, 그때마다 글로 자신을 표현하고 싶어 하는 마르샤의 영혼의 간절함에 혼란스러운 공감이 샘솟아 그의 마음을 가득 채웠다. 그의 내면에서 그 간절함에 끝없이 애처로운 마음이 일어났고 반쯤 잊어버렸던 자신의 꿈을 몇 달 만에 처음으로 뒤적이기 시작했다.

쇼펜하우어가 염세주의를, 윌리엄 제임스가 실용주의를 대중화했듯 그는 신사실주의를 대중화할 총서를 쓰려고 했다. 하지만 삶은 그 길로 나아가지 않았다. 삶은 사람들을 붙잡아 철봉대의 링으로 떠밀었다. 그는 그의 문을 두드리던 소리와 흉에 앉은 어렴풋한 그림자, 그리고 마르샤가 키스를 하라고 으름장을 놓던 것을 떠올리며 웃었다.

"그래도 여전히 나로군."

그는 잠에서 깨어나 어둠 속에 누운 채 놀라워하며 크게 소리쳤다.

"나는 들을 수 있는 내 귀가 그곳에 없다면 문을 두드리는 소리가 실제로 존재하는지 여부를 알아보려고 했던 무모한 생각으로 버클리에 앉아 있던 그 사람이야. 난 여전히 그 사람이고. 난 그자가 범죄를 저지르면 전기의자에 앉아 죽을 수도 있었어.

우리 자신을 유형의 것으로 표현하려 애쓰는 보잘것없는 가벼운 영혼들. 마르샤는 자신이 써 낸 책들로, 나는 쓰지 않은 책들로. 자신의 매개체를 골라 그 결과물을 취하고 우리가 가진 것에 대해 말하며 기뻐하기도 하지."

5

《중략(中略)된 산드라 피프스》는 칼럼니스트 피터 보이스 웬델이 서문을 썼다.《조던 매거진》에 연재된 후 3월에 책으로 출간되었다. 이 책은 처음 출판했을 때부터 폭넓은 관심을 끌었다. 진부한 주제(뉴저지의 작은 마을 출신인 소녀가 뉴욕으로 와서 무대에 오른다는 내용이다)를 평이하게 다루었지만 문장에 독특한 생생함이 배어 있었고, 몹시 부적절한 어휘에서 묻어나는 나지막한 슬픔의 목소리가 좀처럼 머리를 떠나지 않아서 저항할 수 없는 호소력이 있었다.

피터 보이스 웬델은 그때 마침 표현력 있는 방언을 즉각 채택하여 미국 언어를 풍요롭게 하자고 주창하고 있었다. 인습에 얽매인 평론가들의 밋밋하고 틀에 박힌 평론 일색인 가운데 그

책의 스폰서를 자청하며 격찬을 아끼지 않았다.

마르샤는 연재물의 한 회당 300달러를 받았는데, 적당한 때에 그렇게 되었다. 호레이스의 곡마장 월급은 마르샤가 예전에 벌었던 돈보다는 더 많아졌지만, 어린 마르샤는 빽빽거리며 울어 댔다. 그래서 두 사람은 그 울음을 시골의 공기가 필요하다는 뜻으로 해석하고 4월 초에 웨스트체스터 지역의 작은 목조 단층집으로 옮겼다. 그 집에는 잔디밭으로 꾸밀 공간과 차고로 사용할 공간, 그리고 방음이 되는 난공불락의 서재를 포함하여 모든 것을 할 수 있는 공간이 있었다. 마르샤는 조던 씨에게 딸의 요구가 줄어들면 서재에 칩거하며 문장과 어휘가 거친 불후의 명작을 쓰기로 약속했다.

"꽤 괜찮은데."

어느 날 밤 호레이스가 역에 내려 집으로 가는 길에 생각했다. 그는 몇 가지 가능성을 두고 심사숙고하고 있었다. 다섯 자리 숫자로 제안된 돈을 받으면서 네 달 동안 보드빌 공연을 할 수도 있고 프린스턴 대학으로 돌아가 체육관 업무를 전담할 수도 있었다. 이상하기도 하지! 그는 한때 그곳으로 돌아가 철학 관련 업무를 전담하고 싶었는데, 오랜 우상이었던 안톤 로리에가 뉴욕에 왔다는 소식에도 아무런 감흥이 없었다.

발꿈치 아래에서 조약돌들이 자그락거리며 요란한 소리를 냈다. 번쩍이는 거실의 조명을 보았고 진입로에 큰 차가 세워진 것도 보았다. 아마도 조던 씨가 마르샤를 다시 일에 착수하도록 독려하려고 온 것이리라.

마르샤는 호레이스가 오는 소리를 듣고 마중을 나갔다. 불빛이 새어 나오는 문을 등지고 있는 그녀의 실루엣이 보였다.

"어떤 프랑스인이 와 있어."

그녀는 초조하게 속삭였다.

"그 사람의 이름을 발음할 수 없지만 목소리가 엄청 낮아. 자기가 가서 좀 지껄여 봐."

"프랑스인 누구?"

"나도 모르지. 한 시간 전에 조던 씨랑 차를 타고 와서는 산드라 피프스와 기타 등등을 만나고 싶다고 하잖아."

그들이 안으로 들어가자 두 남자가 의자에서 일어났다.

"안녕하시오, 타박스 씨."

조던이 말했다.

"유명 인사 두 분이 만날 자리를 만들었소. 무슈 로리에를 모시고 왔지요. 무슈 로리에, 타박스 부인의 남편인 타박스 씨를 소개하오."

"설마 안톤 로리에!"

호레이스가 탄성을 질렀다.

"맞습니다. 꼭 와야 했습니다. 와야만 했지요. 부인의 책을 읽고 매료되고 말았거든요."

그는 주머니 속을 더듬었다.

"당신에 대한 기사도 읽었습니다. 오늘 읽은 신문에 당신 이름도 있더군요."

그는 마침내 잡지에서 오린 것을 꺼냈다.

"읽어 보시죠!"

그가 간절히 말했다.

"당신에 관한 이야기도 있습니다."

호레이스의 눈이 페이지를 훑어 내려갔다. "미국 방언 문학에 명백한 기여"라고 쓰여 있었다.

"문학적 어조로 시도하지 않았다. 이 사실로부터 이 책의 우수성이 비롯되었다. 《허클베리 핀》과 마찬가지이다."

호레이스의 눈이 아래쪽 줄에 머물렀다. 그는 돌연 소스라치게 놀랐다. 그러곤 서둘러 읽어 내려갔다.

"마르샤 타박스는 관객으로서만이 아니라 공연자의 아내로서도 무대와 관련되어 있다. 그녀는 지난해에 호레이스 타박스와 결혼했다. 그는 매일 저녁 자신의 놀라운 비행 공연으로 곡마장에 모인 어린이들을 기쁘게 해 준다. 이 젊은 부부는 자신들에게 머리와 어깨라는 별명을 붙였다고 한다. 이 말은 필시 타박스 부인이 문학과 정신적 소양을 채우고, 남편의 유연하고 날랜 어깨가 그 가정의 부에 기여한다는 것을 뜻한다.

타박스 부인은 남용되는 '천재'라는 명칭을 들을 만하다. 이제 겨우 스무 살인……."

호레이스는 읽기를 멈추고, 눈에 아주 이상야릇한 표정을 담고서 안톤 로리에를 뚫어지게 바라보았다.

"조언 하나 했으면 합니다."

그는 쉰 목소리로 입을 열었다.

"뭐라고요?"

"문을 두드리는 소리에 관한 겁니다. 거기에 대답하지 마세요! 그냥 그러게 놔두세요. 방음문을 설치해 두세요."

컷글라스 그릇

1

구석기 시대, 신석기 시대, 청동기 시대가 있었고, 그 후 오랜 세월이 지나 컷글라스 시대가 등장했다. 컷글라스 시대에는 젊은 아가씨들은 길고 곱슬곱슬한 콧수염을 기른 젊은 남자들의 청혼을 받았고, 몇 달 후에는 자리에 앉아 온갖 종류의 컷글라스 선물에 대한 감사 편지를 썼다. 펀치 그릇, 손가락 그릇, 만찬용 유리잔, 와인 잔, 아이스크림 그릇, 봉봉사탕 그릇, 마개 달린 유리병, 꽃병 등에게였다. 1890년대에 컷글라스는 비록 새로운 것은 아니었지만 그 당시 백베이에서부터 중서부 지방의 성채에 이르기까지 유행의 눈부신 빛을 반사하느라 여념이 없었다.

결혼식 후에 펀치 그릇은 식기장 중앙에 배치된 큰 그릇과 함께 진열되었다. 유리잔은 도자기 찬장에 정리되었다. 촛대는 여러 물품들의 양쪽 끝에 놓였다. 그러고 난 후엔 생존경쟁이 시작되었다. 봉봉사탕 그릇은 작은 손잡이를 잃고 위층에서 핀을 담아 두는 상자가 되었다. 어슬렁거리던 고양이가 식기장에서 작은 그릇을 떨어뜨렸고, 가정부가 설탕 그릇을 부딪어 중간 크기 그릇의 이를 나가게 만들었다. 그다음에 와인 잔은 다리 골절로 굴복했고 만찬용 유리잔은 열 꼬마 인디언처럼 하나씩 하나씩 사라지다가 마지막 남은 것도 결국 상처 입고 망가져, 낡았지만 여전히 허세를 부리고 있는 욕실 선반의 다른 물건들 사이에서 칫솔을 꽂아 두는 그릇으로 전락했다. 하지만 어쨌거나 이 모든 일이 일어났을 무렵 컷글라스 시대도 막을 내렸다.

호기심 많은 로저 페어볼트 부인이 아름다운 해럴드 파이퍼 부인을 만나러 온 시간은 그날의 첫 번째 영광이 지나가고 한참 후였다.

"부인."

호기심 많은 로저 페어볼트 부인이 말했다.

"집이 정말 맘에 들어요. 상당히 예술적이군요."

"저도 정말 기쁘네요."

아름다운 해럴드 파이퍼 부인이 젊고 까만 눈동자를 반짝이며 말했다.

"꼭 자주 오셔야 해요. 저는 오후엔 거의 항상 혼자 있답니다."

페어볼트 부인은 이 말을 전혀 믿지 않는다고 그리고 자기가 오는 걸 어떻게 기다린단 말인지 모르겠다고 한마디 던져 주고 싶었을 것이다. 프레드 게드니 씨가 지난 6개월 동안 한 주에 다섯 번씩 오후에 파이퍼 부인을 만나러 왔다는 것은 온 동네가 아는 사실이었다. 페어볼트 부인은 아름다운 여성은 모두 불신하는 그런 농익은 나이였던 것이다.

"식당이 가장 맘에 드네요."

그녀는 말했다.

"저 훌륭한 도자기들, 그리고 거대한 컷글라스 그릇 말이에요."

파이퍼 부인은 웃었다. 어찌나 예쁘게 웃던지 페어볼트 부인이 좀처럼 의혹을 지울 수 없던 프레드 게드니에 관한 이야기는 쏙 들어가고 말았다.

"아, 저 큰 그릇이오!"

그 말을 만들어 내는 파이퍼 부인의 입 모양은 싱싱한 장미 꽃잎 같았다.

"저 그릇에 사연이 있답니다."

"오……."

"칼튼 캔비라는 젊은이 기억하시죠? 음, 한때는 무척 자상했지요. 그랬는데 7년 전 1982년, 제가 해럴드와 결혼할 거라고 말했던 날 밤에 그는 몸을 꼿꼿이 세우더니 이렇게 말했어요.

'에빌린, 당신처럼 단단하고 아름답고 속이 텅 비고 쉽게 들여다보이는 선물을 주겠어.'

저는 좀 무서워졌어요. 그의 눈은 무척 검었거든요. 제 생각에는 그 사람이 저에게 유령의 집을 넘겨주거나 아니면 뚜껑을 열면 폭발하는 무언가를 줄 줄 알았어요. 저 그릇이 도착했고 그것은 물론 아름다웠어요. 지름인지 둘레인지 하는 게 75센티미터예요. 아니 어쩌면 1미터일지도 몰라요. 어쨌든 그걸 넣기에 그릇장은 너무 작죠. 앞으로 튀어나오거든요."

"어머, 부인, 정말 이상하네요! 그쯤에 그 사람이 마을을 떠나지 않았나요?"

페어볼트 부인은 기억 속에 이탤릭체로 메모를 휘갈기고 있었다.

"단단하고 아름답고 속이 텅 비고 쉽게 들여다보인다라……."

"그래요, 그는 서부로 갔어요. 아니면 남부나 아니면 어디로든지요."

파이퍼 부인이 세월과 상관없이 아름다움을 돋보이게 하는 신성한 모호함을 풍기며 대답했다.

페어볼트 부인은 장갑을 끼고 널따란 음악실에서부터 서재에 이르기까지 시원하게 열린 데다 뒤편 식당의 일부분을 드러내어 공간이 넓어 보인다고 말했다. 실제로 그 집은 마을에서 가장 근사한 소형 주택이었는데 파이퍼 부인은 데브로 대로에 있는 더 큰 집으로 이사 가야겠다고 말했다. 해럴드 파이퍼가 돈을 찍어 내기라도 하는 모양이었다.

그녀는 짙어 가는 가을의 황혼 속에서 보도로 들어서면서 거의 모든 사십 대의 성공한 여인들이 거리에서 짓는, 못마땅하고 어딘가 모르게 불쾌한 표정을 지었다.

내가 만약 해럴드 파이퍼라면, 사업에는 시간을 좀 덜 쓰고 집 안에서 시간을 좀 더 보내겠다고 그녀는 생각했다. 친구가 그에게 좀 말을 해 줘야 해.

페어볼트 부인은 성공적인 오후였다고 생각했다. 하지만 그녀가 만약 2분 더 기다렸다면 '완전하게 승리했다'고 할 수 있었을 것이다. 그녀의 모습이 거리에서 90미터 떨어진 곳에서 작아지는 검은 형체로 보였을 때, 흥분해서 제정신이 아닌 아주 잘생긴 청년 한 명이 파이퍼의 집으로 가는 길에 나타났기 때문이다. 파이퍼 부인은 초인종 소리에 직접 문을 열었고 상당히 당황하여 그를 서재로 데려갔다.

"당신을 만나야 했습니다."

그는 감정이 솟구쳐 오르기 시작했다.

"당신의 편지는 나를 엉망으로 만들어 버렸습니다. 해럴드가 당신에게 이렇게 하라고 위협하던가요?"

그녀는 고개를 저었다.

"다 정리했어요, 프레드."

그녀는 천천히 말했고 그녀의 입술이 지금처럼 뜯어낸 장미 꽃잎 같아 보인 적이 없다고 그는 생각했다.

"그이는 어젯밤에 그 일로 괴로워하며 집에 왔어요. 제시 파이퍼가 의무감이 지나쳐 그이의 사무실로 찾아가 말을 해 버렸대요. 그이는 상처를 받았고 오, 나는 그 상황을 그의 입장에서 볼 수밖에 없어요, 프레드. 그이는 우리가 여름 내내 클럽의 가십거리였는데 자기는 그걸 몰랐대요. 그래서 이제 그이는 얼핏 들은 대화나 사람들이 나에 대해 넌지시 비추던 암시를 이해하게 되었어요. 그이는 대단히 화가 나 있어요, 프레드. 그리고 그는 나를 사랑하고 나도 그를 사랑해요, 많이."

게드니는 천천히 고개를 끄덕이며 눈을 반쯤 감았다.

"알았어요."

그는 말했다.

"그래요, 제 걱정도 당신 것과 비슷해요. 다른 사람들의 견해를 너무나 똑똑히 볼 수 있으니까요."

그의 잿빛 눈동자가 그녀의 검은 눈동자를 숨김없이 바라보았다.

"축복은 끝났어요. 맙소사, 에빌린, 나는 온종일 사무실에 앉아 당신이 보내 준 편지의 겉봉만 바라보고 있었어요. 그걸 보고 또 그걸 보고……."

"돌아가셔야 해요, 프레드."

그녀는 침착하게 말했고 그녀의 목소리에 배인 은근한 재촉의 어조가 그의 마음에 비수를 꽂았다.

"저는 그이에게 당신을 만나지 않겠다고 맹세했어요. 해럴드가 어디까지 받아들여 줄지 나도 알고 있어요. 그리고 오늘 저녁 당신과 여기 함께 있는 것은 제가 할 수 없는 일이에요."

그들은 여전히 서 있었고 그녀는 말하면서 문 쪽으로 조금씩 다가갔다. 게드니는 그녀를 슬프게 바라보았고 지금 이 마지막 순간에 그녀의 마지막 모습을 간직하려고 애썼다. 그때 집 밖 보도에서 발소리가 들렸고 둘은 갑자기 대리석처럼 굳어져 버렸다. 그 즉시 그녀는 팔을 뻗어 그의 외투 깃을 붙잡았고 그를 반은 떠밀고 반은 휘두르며 큰 문을 지나 어두운 식당으로 밀어 넣었다.

"그이를 위층으로 가게 할게요."

그녀는 그의 귓가에 가까이 속삭였다.

"그가 위층으로 올라가는 소리를 듣기 전까진 움직이면 안 돼요. 그러고 나서 앞문으로 나가세요."

이내 그는 홀로 남아 그녀가 현관에서 남편을 맞이하는 소리를 들었다.

해럴드 파이퍼는 서른여섯 살이었고 아내보다 아홉 살이 많았다. 그는 잘생겼다. 좀 더 덧붙이자면 눈 사이가 너무 좁아서

편안한 표정을 지을 때면 뭔가 부자연스러웠다. 이번의 게드니 문제에 대해 그는 전형적인 태도를 보여 줬다. 그는 에빌린에게 이 문제는 끝난 걸로 알 테고, 그녀를 비난하거나 어떤 형태로든 불만을 내비치는 일도 하지 않겠다고 했다. 그러고 그는 이것이 그 문제를 바라보는 관대한 방법이고 그녀가 여간 감동받은 게 아닐 거라고 스스로에게 말했다. 그러나 자신이 마음이 넓다는 생각에 도취된 남자들이 흔히 그렇듯 그는 보통이 아니게 속이 좁았다.

그는 오늘 저녁 특히 다정한 말로 에빌린에게 인사를 했다.

"서둘러 옷부터 갈아입어요, 해럴드."

그녀가 간절히 말했다.

"브론슨 댁에 가야 하니까요."

그는 고개를 끄덕였다.

"옷 갈아입는 데 오래 걸리진 않을 거요, 여보."

그가 서재로 걸어가는 바람에 말소리가 작아졌다. 에빌린의 심장이 쿵쿵 울렸다.

"해럴드."

그녀는 조금 멘 목소리로 말하며 그를 따라갔다. 그는 담배에 불을 붙이고 있었다.

"서둘러야 해요, 해럴드."

그녀는 말을 마치고 현관에 서 있었다.

"왜?"

그는 짜증이 나서 물었다.

"당신도 아직 옷을 갈아입지 않았잖소, 에비."

그는 안락의자에서 몸을 쭉 뻗으며 신문을 펼쳤다. 에빌린은 적어도 10분은 그러고 있을 거라는 걸 예감하고 맥이 탁 풀렸다. 게드니는 옆방에서 숨을 죽이고 서 있었다.

해럴드는 위층으로 올라가기 전에 그릇장에 있는 마개 달린 유리병의 물을 마시려 할지도 모르는 일이었다. 그러자 그녀의 머릿속에서 그에게 마개 달린 유리병과 유리잔을 가져다줘서 이런 뜻하지 않은 사건을 사전에 막아야겠다는 생각이 떠올랐다. 그녀는 어떤 식으로든 그의 주의를 식당으로 끄는 것이 두려웠지만 다른 위험을 무릅쓸 수는 없었다. 해럴드가 일어나 신문을 내려놓고는 그녀에게 다가왔다.

"에비, 여보."

그는 몸을 숙여 팔로 그녀를 감싸며 말했다.

"나는 당신이 지난밤 일은 생각하지 않았으면 좋겠어."

그녀는 그에게 가까이 다가갔고 몸을 떨었다.

"나도 알아."

그는 계속 말을 이었다.

"당신 입장에서는 그저 경솔한 우정이었다는 것을. 다들 실수를 하기 마련이지."

에빌린은 그 말을 거의 들을 수 없었다. 그녀는 그에게 바싹 붙어 그를 위층으로 이끌어 갈 수 있을까 생각했다. 그녀는 아픈 척하고 위층으로 데려다 달라고 말해 볼까 생각했다. 유감스럽게도 그녀는 그가 자신을 소파에 눕히고 위스키를 가져다 줄 거라는 걸 알았다.

이윽고 그녀의 초조한 긴장감이 더 이상 참을 수 없는 지경에 이르렀다. 그녀는 식당 바닥에서 아주 희미하지만 틀림없는 삐걱거리는 소리를 들었다. 프레드가 뒷문으로 빠져나가려고 하고 있었다. 그녀의 심장은 집 안에서 울리고 다시 반향이 되는 종소리처럼 공허하게 울려 퍼지는 소리가 되어 붕 날아오르는 것 같았다. 게드니의 팔이 커다란 컷글라스 그릇을 치고 말았던 것이다.

"저건 뭐야!"

해럴드가 소리쳤다.

"거기 누구요?"

그녀가 그에게 매달렸지만 그는 뿌리쳤고 그녀의 귀에 그 방이 무너지는 것 같은 소리가 들렸다. 그녀는 식료품 저장실 문이 휙 열리는 소리, 드잡이 하는 소리, 양철 팬이 덜걱거리는 소리를 들었다. 미친 듯이 절망하며 부엌으로 돌진하여 싸움을 말렸다. 남편의 팔이 게드니의 목에서 천천히 풀렸고, 처음엔 놀라움이 그다음엔 고통이 얼굴에 드리워진 채, 그곳에 아주 조용히 서 있었다.

"아이고!"

그는 당황한 목소리로 말했고 또다시 반복했다.

"아이고!"

그는 게드니에게 다시 뛰어들 것처럼 돌아섰다가 멈추더니 눈 근육을 풀며 작게 쓴웃음을 보였다.

"당신들…… 당신들……."

에빌린의 팔이 그를 감쌌고 그녀의 눈이 그에게 미친 듯이 애원했지만, 그는 그녀를 밀쳐 버리고 멍하니 부엌 의자에 주저앉았다. 그의 얼굴은 도자기처럼 깨질 것만 같았다.

"당신이 나에게 이런 짓을 하다니, 에빌린. 어째서, 이 작은 악마! 당신은 작은 악마야!"

그녀는 그에게 이토록 미안한 적이 없었다. 그녀는 그를 이토록 사랑한 적도 없었다.

"그녀의 잘못이 아닙니다."

게드니가 다소 공손하게 말했다.

"제가 찾아온 거예요."

그러나 파이퍼는 고개를 저었다. 그리고 빤히 쳐다보는 그의 표정은 마치 어떤 신체적 사고가 그의 마음에 충격을 주어 일시적으로 작동할 수 없게 만든 것처럼 보였다. 문득 처량해진 그의 눈은 에빌린의 심금을 소리 없이 울렸고, 동시에 분노가 몰아치는 듯 격하게 일어났다. 그녀의 눈꺼풀이 불타는 것만 같았고 발을 세차게 쾅쾅 굴렀다. 그녀의 두 손이 무기라도 찾는 듯 테이블 위를 신경질적으로 휘젓더니 별안간 게드니에게 사납게 달려들었다.

"나가요!"

그녀는 소리를 질렀다. 검은 눈에 힘을 잔뜩 주고 쭉 뻗은 그의 팔을 작은 주먹으로 무력하게 두들겼다.

"당신 때문이에요! 여기서 어서 나가요, 나가, 나가 버리라고, 나가!"

2

서른다섯 살인 해럴드 파이퍼 부인에 관한 의견이 분분했다. 여자들은 그녀가 여전히 아름답다고 했고 남자들은 그녀가 더 이상 예쁘지 않다고 말했다. 이는 아마도 여자들이 두려워하고 남자들이 추구하던 그녀의 아름다움의 특징이 퇴색했기 때문일 것이다. 그녀의 눈은 여전히 크고 검었으며 애상에 젖어 있었지만 신비로움은 사라졌다. 애상은 더 이상 영원한 것이 아닌 단지 인간의 것이 되어 버렸고, 그녀는 놀라거나 성가실 때 두 눈썹을 씰룩거리고 눈을 여러 번 깜빡이는 버릇도 생겼다. 붉은 기가 옅어진 입술의 모양새도 완전히 달라졌다. 눈동자에 담긴 애상을 더해 주고 어렴풋이 놀리는 듯 아름다웠던, 웃을 때 입꼬리를 아래로 살짝 내리던 모습도 볼 수 없어졌다. 웃을 때 그녀는 이제 입꼬리를 위로 올릴 뿐이었다.

자신의 아름다움에 한껏 도취되었던 시절에 에빌린은 자신의 미소를 즐겼고 두드러지게 하기도 했다. 두드러지게 하기를 멈추자, 미소는 점차 희미해졌고 그 속에 담겨 있던 마지막 신비함까지 함께 사라졌다.

프레드 게드니 사건이 일어난 지 한 달이 지나지 않아 에빌린은 자신의 미소를 두드러지게 하는 것을 멈추었다. 겉보기로는 예전의 생활과 다름없어 보였다. 하지만 남편을 얼마나 사랑하는지를 깨달은 그 몇 분 동안 에빌린은 그에게 얼마나 지울 수 없는 상처를 주었는지 알았다. 한 달 내내 그녀는 가슴 아픈 침묵과 거친 비난과 질책에 맞서 싸웠다. 그녀는 그에게 애원했고, 말없이 처량하게 애정을 표현했지만 그는 그녀를 가차 없이 비웃었다. 그런 일이 있고 나자 그녀 역시 점점 침묵에 빠져들었고 공허하고 발을 들여놓을 수 없는 단단한 장벽이 그들 사이에 생겼다. 가슴속에 끓어오르는 사랑을 어린 아들 도널드에게 아낌없이 쏟아부으며 아들이 그녀의 인생의 일부분임을 거의 경탄하듯이 깨달았다.

다음 해에 그들은 과거에서부터 이따금 찾아오는 마음의 흔들림을 느끼면서, 서로에 대한 관심과 책임감을 쌓아갔다. 부부는 다시 가까워졌다. 그러나 애처롭게 밀려드는 열정이 지나고 나자 에빌린은 절호의 기회가 사라져 버린 것을 깨달았다. 아무

것도 남은 것이 없었다. 그녀는 젊음과 둘을 위한 사랑으로 가득했을지 모르나, 침묵의 시간이 애정의 샘을 서서히 말려 버렸고 샘물을 다시 마시고 싶은 그녀 자신의 바람도 죽어 버렸다.

그녀는 처음으로 여자 친구들을 찾고, 예전에 읽었던 책을 펼치고, 자신이 헌신적으로 돌보고 있는 두 자녀를 지켜볼 수 있는 곳에서 바느질을 하기 시작했다. 그녀는 사소한 문제로 걱정했다. 만약 저녁 식사 자리에 빵 부스러기라도 보이면 그녀는 대화에 집중하지 못했다. 그녀는 점점 중년으로 접어들고 있었다.

그녀의 서른다섯 살 생일은 유난히 바빴다. 왜냐하면 그날 밤에 갑작스러운 기별을 받아 손님을 접대해야 했기 때문이다. 그녀는 늦은 오후 침실 창가에 서 있다가 심한 피로감을 느꼈다. 10년 전이라면 누워서 잠을 잤겠지만 이제 그녀는 상황을 지켜봐야 한다는 필요성을 느꼈다. 하녀는 아래층을 청소했고 잡동사니들은 온 바닥에 널려 있었다. 식료품 가게 점원이 오면 긴히 할 말이 있었고, 그런 후에는 열네 살이 되어 학교 기숙사에서 첫해를 보내고 있는 도널드에게 편지도 써야 했다.

그럼에도 좀 누워야겠다고 거의 마음먹은 순간, 갑자기 아래층에서 어린 줄리의 익숙한 신호가 들렸다. 그녀는 입술을 꾹 다물고 양 눈썹을 씰룩거리고 눈을 깜빡였다.

"줄리!"

그녀가 외쳤다.

"아야야야!"

줄리의 목소리가 애처롭게 늘어졌다. 곧 보조 하녀인 힐다가 계단 위로 떠올라왔다.

"좀 베였어요, 파이퍼 부인."

에빌린은 자신의 바느질 상자로 날아가듯 달려가 속을 샅샅이 뒤져 찢어진 손수건을 찾아내고 아래층으로 급히 내려갔다. 잠시 후 그녀가 줄리의 드레스에 깔보는 듯한 흔적을 남긴 상처를 찾는 동안, 줄리는 엄마 품에 안겨 울고 있었다.

"내 어, 엄지!"

줄리가 말했다.

"아, 아, 아, 아, 아파요."

"이 그릇이에요, 아프게 만든 거."

힐다가 미안해하며 말했다.

"제가 그릇장을 닦고 있는 동안 바닥에 내려놨는데 줄리가 따라와서 그걸 가지고 놀았어요. 그러다 긁혔나 봐요."

에빌린은 힐다에게 인상을 확 쓰고는 무릎에 앉은 줄리의 몸을 홱 돌린 후 손수건을 길게 찢기 시작했다.

"자, 한번 보자, 아가야."

줄리가 손가락을 들었고 에빌린이 그것을 와락 움켜잡았다.

"자, 어때!"

줄리는 헝겊으로 칭칭 감은 자신의 엄지손가락을 의심스레 살펴보았다. 손가락을 구부리자 그것이 건들거렸다. 눈물로 얼룩진 얼굴에 기쁘고 재미있는 표정이 떠올랐다. 코를 훌쩍이더니 다시 손가락을 까딱거렸다.

"우리 귀여운 아가!"

에빌린은 이렇게 외치며 줄리에게 입을 맞추었지만 방을 나가기 직전에 힐다를 보며 또다시 인상을 썼다. 조심성 없기는! 요즘 하인들은 다 저 모양이야. 괜찮은 아일랜드 여자를 구할 수만 있었더라면……. 하지만 요즘엔 더 이상 그럴 수 없지……. 스웨덴 여자들뿐…….

5시 정각에 해럴드가 집에 도착해 그녀의 방으로 와서 그녀의 생일을 맞이하여 서른다섯 번의 키스를 하겠다고 수상하리만큼 즐거운 목소리로 으름장을 놓았다. 에빌린은 저항했다.

"술 마셨군요."

그녀는 짧게 말하고 나서 자세히 밝히려는 듯 덧붙였다.

"내가 술 냄새라면 질색하는 걸 알 텐데요."

"에비."

그는 잠시 입을 다물었다가 창가의 의자에 앉으며 말했다.

"이제는 당신에게 말할 수 있어. 당신도 시내에 경기가 좋지 않았다는 걸 알 거야."

그녀는 창가에서 머리를 빗으며 서 있다가 그 말에 몸을 돌려 그를 바라보았다.

"그게 무슨 말이에요? 당신은 마을에 철물 도매상이 하나 정도 있을 여유는 있다고 늘 말했잖아요."

그녀의 목소리에 놀라움이 묻어났다.

"그랬지."

해럴드는 의미심장하게 말했다.

"하지만 이 클라렌스 에이헌이란 사람은 똑똑한 남자야."

"그 사람이 저녁 식사에 온다는 소리를 듣고 놀랐어요."

"에비."

그는 자신의 무릎을 탁 치며 계속 말을 했다.

"1월 1일 후에 '클라렌스 에이헌사'가 '에이헌 파이퍼사'가 돼. 그러면 회사로서의 '파이퍼 브라더스'는 더는 존재하지 않게 되지."

에빌린은 몹시 놀랐다. 남편의 이름이 두 번째로 온다는 것이 다소 꺼림칙했다. 그래도 그는 여전히 즐거워 보였다.

"이해가 안 가요, 해럴드."

"자, 에비, 에이헌은 막스와 함께해 왔어. 만일 그 두 사람이 합쳤다면 우리는 고군분투하면서 작은 주문이나 따내고 위험을 염려하여 망설이기나 하는 시시한 경쟁사가 되었을 거야. 이건 자본의 문제야, 에비. 그리고 '에이헌 막스사'는 '에이헌 파이퍼사'가 지금 하려고 하는 것과 꼭 같은 일을 했을 거야."

그는 잠시 말을 멈추고 기침을 했고, 위스키 냄새가 훅 하고 그녀의 콧구멍 속으로 흘러들어 왔다.

"솔직히 말하자면 말이야, 에비, 나는 에이헌의 부인이 거기에 관련이 있지 않나 싶어. 내가 듣기론 야망이 넘치는 젊은 부인이래. 막스가 큰 도움이 안 될 거란 걸 안 것 같아."

"그 여자…… 품위가 없나요?"

에비가 물었다.

"만나 본 적은 없어, 확실히, 그러나 의심의 여지가 없지. 클라렌스 에이헌의 이름이 다섯 달 동안이나 컨트리 클럽 명단에 올라와 있었는데, 아무런 조치도 없었지."

그는 비난하는 듯 손사래를 쳤다.

"에이헌과 내가 오늘 점심을 같이 먹었는데 이제 매듭을 지을 차례야. 그래서 내 생각에 그와 그의 아내를 오늘 저녁에 초대하면 좋겠다고 생각했지. 그래 봐야 아홉 명이고 대부분 가족이니까. 어쨌든 나한테는 아주 중요한 일이고 당연히 언젠가는 그들과 만나게 될 거야, 에비."

"알았어요."

에비가 생각에 잠겨 대답했다.

"내 생각에도 그렇게 될 것 같아요."

에빌린은 그 모임의 사교적 목적은 염려되지 않았다. 하지만 '파이퍼 브라더스사'가 '에이헌 파이퍼사'가 된다는 것에는 몹시 놀랐다. 마치 세상 아래로 추락하는 것 같은 기분이 들었다.

30분 후 그녀가 저녁 만찬용 드레스로 갈아입으려고 하던 참에 아래층에서 그의 목소리가 들려왔다.

"오, 에비, 내려와!"

그녀는 복도로 나가 난간 위로 소리쳤다.

"무슨 일이에요?"

"저녁 식사 전에 그 펀치 만드는 걸 좀 도와줬으면 해."

서둘러 드레스를 다시 여미고, 계단을 따라 내려오니 그가 주방 테이블에 주재료들을 분류하고 있었다. 그녀는 그릇장으로 가서 그릇 하나를 집어 들고 왔다.

"그게 아니야."

그가 이의를 제기했다.

"저 큰 걸 쓰자고. 에이헌과 그 부인과 당신과 나, 그리고 밀턴까지 다섯이고 톰과 제시까지 하면 일곱, 그리고 처제와 조 앰블러까지 하면 아홉이야. 당신이 만들면 펀치가 얼마나 빨리 동이 나는지 몰라."

"이 그릇을 쓸 거예요."

그녀가 고집했다.

"여기에도 많이 담을 수 있어요. 당신도 톰이 어떤지 잘 알잖아요."

제시의 남편이자 해럴드의 사촌인 톰 로리는 한번 마시기 시작한 음료는 거의 끝장을 내고야 마는 경향이 있었다.

해럴드는 고개를 저었다.

"어리석은 짓이야. 이 그릇은 3쿼트밖에 안 돼. 우리는 아홉 명이고 하인들도 마시고 싶어 할 테니까. 그리고 그건 독한 펀치도 아니란 말이야. 많이 마시면 그만큼 더 기분이 좋아진다고. 에비, 전부 다 마실 필요도 없어."

"작은 그릇으로 해요."

다시 한번 그는 완고하게 고개를 저었다.

"안 돼, 합리적으로 생각해."

"합리적으로 생각한 거예요."

그녀는 짤막하게 대답했다.

"이 집에서 어느 누구도 취하는 건 싫어요."

"누가 아니래?"

"그러면 작은 그릇을 써요."

"이것 봐, 에비……."

그는 제자리에 올려놓으려고 작은 그릇을 잡았다. 곧바로 그녀의 두 손이 그의 손을 아래로 당겼다. 잠깐 동안 실랑이가 있었다. 이윽고 해럴드가 약간 화난 듯 투덜거리며 자기가 잡은 그릇을 들어 올려 그녀의 손에서 뺀 후 그릇장으로 옮겼다.

그녀는 그를 쳐다보며 경멸하는 표정을 지으려고 했지만 그는 웃기만 할 뿐이었다. 그녀는 패배를 인정했다. 그리고 그 이후로 펀치에는 조금도 신경을 쓰지 않으리라 마음먹으면서 식당을 나섰다.

3

7시 반이 되어, 에빌린이 두 뺨엔 홍조를 띠고 머릿기름을 조금 발라 높이 부풀려 올린 머리를 반들거리며 계단을 내려왔다. 에이헌 부인은 붉은 머리카락과 제정시대풍의 진수를 보여주는 드레스를 입고 나타났다. 약간 초조한 기색을 드레스 아래에 감춘 자그마한 여인은 유창한 말솜씨로 에빌린에게 인사했다. 에빌린은 처음 본 그 순간에 그녀가 싫어졌지만 남편은 꽤 괜찮다고 생각했다. 그는 사람들을 즐겁게 하는 것에 타고난 소질이 있는, 푸른 눈의 소유자였다. 그는 너무 일찍 결혼해버린 명백한 큰 실수만 저지르지 않았더라면 사교적으로 성공했을지도 모른다.

"파이퍼 씨의 아내분을 알게 되어 기쁩니다."

그가 꾸밈없이 말했다.

"부군과 저는 앞으로 서로 자주 만날 것 같습니다."

그녀는 고개를 숙이고 온화한 미소를 짓고는 돌아서서 다른 사람들을 맞이했다. 해럴드의 조용하고 내성적인 남동생 밀턴 파이퍼와 로리 부부인 제시와 톰, 에빌린의 미혼 여동생 아이린, 마지막으로 자타공인의 독신남이자 아이린의 영원한 연인인 조 앰블러까지 모두 도착했다.

해럴드는 저녁 식사 자리로 안내했다.

"오늘 저녁을 위해 펀치를 준비했어요."

그는 신이 난 상태로 사람들에게 말했다. 에빌린은 자신이 만들어 둔 펀치를 그가 이미 맛보았다는 것을 알아차렸다.

"그러니 펀치 이외에 어떤 칵테일도 없을 것입니다. 이것은 제 아내의 가장 위대한 성과물입니다, 에이헌 부인. 원하신다면 제 아내가 조리법을 알려 드릴 겁니다. 하지만 가벼운……."

그는 자기 아내와 시선이 마주치자 잠시 말을 멈추었다.

"가벼운 두통이 있어 제가 대신 이것을 만들었습니다. 자, 어떤지 보시죠!"

그녀는 저녁 식사를 하는 내내 펀치를 권했음에도 에이헌과 밀턴 파이퍼 그리고 모든 여자들이 하녀에게 고개를 저어 거부하는 것을 알아챘고, 그릇에 관해서는 자기 의견이 옳았다는 사실을 알았다. 펀치는 아직 반이나 남아 있었다. 그녀는 나중에 해럴드에게 직접 주의를 줘야겠다고 마음먹었으나, 여자들이 식탁에서 일어날 때 에이헌 부인이 그녀를 구석으로 데리고 갔고 에일린은 예의상 관심 있는 척하며 도시와 양장점에 관한 대화를 나누고 있었다.

"우리는 여러 번 이사를 했어요."

에이헌 부인이 빨간 머리를 격하게 흔들며 재잘거렸다.

"오, 그래요, 우리는 한 도시에서 이렇게 오래 머문 적이 없답니다. 하지만 이곳에서 오래오래 지내길 진심으로 바라요. 여기 맘에 들어요, 당신도 그런가요?"

"글쎄요, 부인도 아시다시피 저는 항상 여기에서 살았는 걸요, 그래서 당연히……."

"오, 맞아요."

에이헌 부인은 이렇게 말하고는 웃었다.

"클라렌스는 항상 저에게 자기도 아내가 있어야겠다고 말했어요. 집에 와서 '자, 내일 시카고로 이사 갈 거니까 짐 싸요'라고 할 수 있도록 말이에요. 그렇게 되긴 했지만 진짜 아무 데서나 살게 될 줄은 생각도 못 했답니다."

그녀는 또다시 생긋 웃었다. 에빌린은 그것이 그녀의 형식적인 웃음임을 어렴풋이 느꼈다.

"남편분이 대단히 능력 있으신가 봐요."

"네, 그래요."

에이헌 부인은 자신감 있게 말을 이었다.

"클라렌스는 그이는 말이죠, 머리가 좋아요. 아이디어와 열정, 그러니까 자기가 뭘 원하는지 알아내고 뛰어들어 결국엔 그걸 얻어 내고야 말죠."

에빌린은 고개를 끄덕였다. 그녀는 식당에서 남자들이 아직도 펀치를 마시고 있는지 궁금했다. 에이헌 부인의 과거사가 봇물 터지듯 쏟아져 나왔지만 에빌린은 더 이상 듣지 않았다. 드디어 덩어리진 담배 냄새가 안으로 흘러들어 오기 시작했다. 그렇게 넓은 집이 아니라고 그녀는 생각했다. 이런 저녁이면 서재가 이따금 담배 연기로 푸르딩딩해졌고, 다음 날이면 몇 시간이고 창문을 열어 커튼에 짙게 밴 퀴퀴한 냄새를 날려 보내야 했다. 어쩌면 이 동업은…… 그녀는 새로운 집을 생각하기 시작했다.

에이헌 부인의 목소리가 그녀의 머릿속으로 흘러들어 왔다.

"어디 적어 놓으신 것이 있으면 조리법을 알려 주세요."

그때 식당에서 의자 끄는 소리가 나더니 남자들이 어슬렁어슬렁 걸어 나왔다. 에빌린은 최악의 공포를 즉시 알아챘다. 해럴드는 얼굴이 벌겋게 달아오르고 혀가 꼬여 단어들이 문장 끝으로 동시에 달려 나왔고, 그러는 동안 톰 로리는 비틀거리며 다가와 아이린의 무릎을 간신히 비껴 옆에 있는 소파에 주저앉았다. 그는 거기에 앉아 친구들을 멍하니 보며 눈을 끔벅였다.

에빌린은 그를 보며 눈을 깜빡였지만 재미있어서 그런 건 아니었다. 조 앰블러는 흡족한 듯이 미소를 지었고 담배에 취해 있었다. 에이헌과 밀턴 파이퍼만 멀쩡한 것 같았다.

"아주 멋진 도시입니다, 에이헌 씨."

앰블러가 말했다.

"당신도 알게 되실 겁니다."

"이미 알고 있습니다."

에이헌이 유쾌하게 말했다.

"더 많은 걸 알게 될 겁니다, 에이헌 씨."

해럴드가 고개를 단호하게 끄덕이며 말했다.

"내가 좀 거들면요."

그는 도시에 대한 찬사로 한껏 부풀어 올랐고, 에빌린은 자기가 느끼는 것처럼 다른 사람들도 그 이야기가 지루하다고 생각하면 어쩌나 하고 안절부절못했다. 아닌 게 분명했다. 모두들 경청하고 있었다. 그의 말이 끊기자 에빌린이 끼어들었다.

"그동안 어디서 사셨나요, 에이헌 씨?"

그녀는 관심이 있다는 듯 물었다. 곧 그녀는 에이헌 부인이 그녀에게 말했던 것을 기억했지만 별문제가 되진 않았다. 해럴드가 말을 많이 하지 못하게 막아야 했다. 그는 술만 마시면 멍청이가 되었다. 하지만 그는 느닷없이 다시 이야기하기 시작했다.

"말씀드리죠, 에이헌 씨. 먼저 당신이 여기 언덕 위에 있는 집을 구하는 겁니다. 스턴 저택이나 리지웨이 저택을 구하세요. 그러면 사람들이 이렇게 말할 겁니다. '저게 에이헌 저택이야.' 그러니까 견고하다, 그런 인상을 주는 거죠."

에빌린은 얼굴을 붉혔다. 전혀 이치에 맞게 들리지 않았다. 그런데도 여전히 에이헌은 잘못된 걸 눈치채지 못했는지 진지하게 고개만 끄덕일 뿐이었다.

"보신 적 있으세……."

그러나 그녀의 말은 해럴드가 갑자기 목소리를 높이는 바람에 들리지 않았다.

"집을 구하세요. 그게 시작이에요. 그러고 나면 사람들과 알게 됩니다. 처음엔 외부인이라고 텃세를 부리겠지만, 오래가진 않을 거예요. 당신을 알게 되면요. 사람들은 당신을 좋아하니까요."

그는 팔을 휙 휘둘러 에이헌과 그의 아내를 가리켰다.

"그래요. 진심으로 환대할 거예요. 뭐든지 처음에는 장, 장, 장, 장……."

그는 침을 삼키고 이내 노련하게 "장벽"이라고 다시 말했다.

에빌린은 호소하듯 시동생을 바라보았지만, 그가 끼어들기도 전에 톰 로이가 걸걸한 목소리로 우물우물 말을 쏟아 냈다. 이로 꽉 물고 있는 불 꺼진 시가 때문에 무슨 말인지 알아들을 수 없었다.

"흐마, 우마, 호, 후마, 아디, 음……."

"뭐라고?"

해럴드가 진지하게 물었다.

체념한 듯 어렵게 톰은 시가를 빼낸 후 훅 소리를 내며 불었다. 그것은 방을 가로질러 에이헌 부인의 무릎에 축축하고 시들해진 모양으로 내려앉았다.

"미안합니다."

그는 웅얼거리며 어렴풋이 그것을 가지러 가야겠다고 생각하며 자리에서 일어났다. 때마침 밀턴의 손이 그의 외투를 잡아 그를 주저앉혔고, 에이헌 부인은 치마 위의 담배를 바닥으로 꼴사납게 퉁겨 내고는 다시는 거들떠보지도 않았다.

"무슨 말을 했더라."

톰이 걸걸한 목소리로 말을 이었다.

"그 일이 일어나기 전에."

그는 에이헌 부인을 향해 해명하는 듯이 손을 흔들었다.

"그러니까 내 말은 컨트리클럽 문제의 진실을 들었다 이겁니다."

밀턴이 몸을 기울여 그에게 뭔가를 속삭였다.

"내버려 둬."

그는 화를 내며 말했다.

"나도 내가 뭘 하는지 알고 있단 말이야. 그것 때문에 저 사람들이 온 거 아냐."

에빌린은 그곳에 공황 상태로 앉아 입을 움직여 말을 하려고 애썼다. 그녀는 여동생의 조소하는 표정과 에이헌 부인의 얼굴이 새빨갛게 변하고 있는 것을 보았다. 에이헌은 시곗줄을 내려다보며 만지작거리고 있었다.

"누가 당신을 방해해 왔는지 들었소. 그 작자는 당신보다 조금도 더 나은 사람이 아니지요. 내가 손봐 줄 수는 있소. 옛날 같았으면. 하지만 그땐 당신을 몰랐지. 해럴드가 당신이 그 일로 마음이 상했다고 귀띔해 줬는데……."

밀턴 파이퍼는 거북하게 자리에서 벌떡 일어섰다. 순식간에 모든 사람이 긴장하여 일어섰고 밀턴은 일찍 가 봐야겠다고 서둘러 말했고, 에이헌 부부는 아주 귀 기울여 들었다. 이내 에이헌 부인이 침을 삼키고는 제시를 향해 억지웃음을 지었다. 에빌린은 톰이 앞으로 비틀비틀 걸어와 에이헌의 어깨에 손을 올리는 것을 보았고 갑자기 그녀의 뒤쪽에서 겁에 질린 목소리가 들려왔다. 돌아보니 보조 하녀 힐다가 서 있었다.

"저기, 파이퍼 부인, 줄리 손에 독이 들어간 것 같아요. 퉁퉁 붓고 뺨에 열이 나고 아파서 끙끙대고 있어요."

"줄리가?"

에빌린이 날카롭게 물었다. 갑자기 모임에 대한 생각은 뒷전으로 물러났다. 그녀는 급히 돌아서 눈으로 에이헌 부인을 찾은 뒤 그녀에게 다가갔다.

"실례가 안 된다면, 부인……."

그녀는 순간적으로 이름이 기억나지 않았지만 곧 말을 이었다.

"제 딸아이가 아파요. 괜찮아지면 내려올게요."

그녀는 돌아서서 재빨리 계단을 뛰어오르면서도, 사방으로 퍼지는 시가 연기와 방 중앙에서 벌어지는 시끄러운 토론이 언쟁으로 변해 가는 혼란스러운 광경은 머릿속에 남아 있었다.

아이 방의 조명을 켜자, 그녀는 줄리가 열에 들떠 몸을 뒤치락거리며 작게 이상한 소리를 내뱉는 것을 보았다. 그녀는 줄리의 뺨에 손을 댔다. 불타는 듯 뜨거웠다. 비명을 지르며 그녀는 이불 속을 더듬어 손을 찾아냈다. 힐다의 말이 맞았다. 엄지손가락 전체가 손목까지 부풀어 올랐고 가운데 상처에는 염증이 생겼다. 패혈증이다! 그녀의 마음이 공포로 가득 차 소리를 질렀다. 붕대가 떨어져 나가고 상처에 무언가가 들어간 것이다. 손을 베인 건 3시였다. 지금은 11시가 가까웠다. 여덟 시간. 패혈증이 그렇게 빨리 진행될 리 없다.

에빌린은 전화기로 달려갔다.

길 건너에 사는 마틴 박사는 집에 없었다. 가족 주치의인 폴크 박사는 전화를 받지 않았다. 그녀는 머리를 짜내어 필사적으로 이비인후과 전문의에게 전화를 걸었고 그가 외과 의사 두 명의 전화번호를 찾는 동안 미친 듯이 입술을 깨물었다. 그 영겁과도 같은 순간에 그녀는 아래층에서 커다란 목소리를 들었다고 생각했다. 하지만 지금은 또 다른 세상에 와 있는 것 같았다. 15분 후 그녀는 외과 의사 한 명이 사는 곳을 알아냈는데 그 사람은 자고 있다가 전화를 받아 화가 나고 샐쭉해진 목소리였다. 그녀는 아이 방으로 돌아가 손을 살폈고 줄리의 손이 좀 더 부어오른 것을 알았다.

"오, 이런!"

에빌린은 소리쳤고 침대 옆에 무릎을 꿇고 줄리의 머리카락을 계속해서 쓸어내렸다. 막연히 뜨거운 물을 좀 갖고 와야겠다는 생각이 들어 일어나서 문을 빤히 보던 에빌린은 드레스의 레이스가 침대 난간에 걸린 탓에 넙죽 엎드린 자세로 넘어졌다. 그녀는 억지로 일어나 미친 듯이 레이스를 잡아당겼다. 침대가 움직였고 줄리는 끙끙거렸다. 곧바로 에빌린은 손가락으로 더듬어 앞쪽의 주름을 찾아냈고, 치마를 부풀려주는 받침을 통째로 뜯어낸 후 부랴부랴 방을 나섰다.

복도로 나가자 크고 고집스러운 한 사람의 목소리가 들렸지만 계단 머리에 이르자 그 소리는 멎었고 덧문이 쾅 하고 닫히는 소리가 들렸다.

음악실이 눈에 들어왔다. 해럴드와 밀턴만이 그곳에 있었다. 해럴드는 의자에 기대고 얼굴이 매우 창백하고 옷깃은 열려 있고 입이 느즈러지게 움직이고 있었다.

"무슨 일이에요?"

밀턴이 근심 어린 눈으로 그녀를 바라보았다.

"사소한 문제가 좀 있었어……."

해럴드는 애써 몸을 펴면서 그녀에게 말했다.

"내에 지입에서 내에 사아촌을 모욕했어. 망할 놈의 천한 졸부놈 같으니. 내에 사아촌을 모욕……."

"톰이 에이헌과 말다툼을 했는데 해럴드가 말렸습니다."

밀턴이 말했다.

"맙소사, 밀턴."

에빌린이 소리쳤다.

"좀 어떻게 할 순 없었나요?"

"그러려고 했는데, 그러려고……."

"줄리가 아파요."

그녀가 말을 잘랐다.

"독이 오른 것 같아요. 할 수 있으면 저이를 침대로 데려가 주시지요."

해럴드가 고개를 들었다.

"줄리가 아파?"

에빌린은 아랑곳하지 않고 식당 안을 슥 들어가다가 여전히 테이블 위에 놓인 커다란 펀치 그릇을 보고 공포에 휩싸였다.

그릇 바닥엔 얼음이 녹아서 물이 고여 있었다. 그녀는 현관 쪽 계단에서 발소리를 들었다. 밀턴이 해럴드가 올라가도록 부축하는 소리였다. 그리고 웅얼거리는 소리가 들렸다.

"어때, 줄리 괜찮……."

"그이가 아이 방에 못 들어가도록 하세요!"

그녀가 소리쳤다.

시간은 희미해져 악몽으로 흘러들었다. 박사는 자정 직전에 도착했고 반 시간 만에 상처를 절개했다. 그는 연락이 가능한 간호사 두 명의 주소를 건네주고 새벽 2시가 되어 집을 나섰고 6시 반에 다시 돌아오겠다고 약속했다. 패혈증이었다.

새벽 4시에 침대 곁에 힐다를 남겨 둔 채, 에빌린은 자신의 방으로 가서 진저리를 치며 이브닝드레스를 벗어 구석으로 차버렸다. 실내복으로 갈아입은 후 아이 방으로 돌아갔고 힐다는 커피를 가지러 갔다.

정오가 돼서야 그녀는 해럴드의 방을 들여다볼 수 있었다. 하지만 그녀가 갔을 때, 그는 잠에서 깨어나 몹시 비참한 모습으로 천장을 뚫어져라 쳐다보고 있었다. 그는 충혈되고 움푹 꺼진 눈으로 그녀를 돌아봤다. 에빌린은 순간 그가 너무 싫어서 말도 할 수 없었다. 쉰 목소리가 침대에서 들려왔다.

"몇 시야?"

"정오예요."

"내가 멍청한 짓을……."

"그게 문제가 아니에요."

그녀가 날카롭게 말했다.

"줄리가 패혈증에 걸렸어요. 의사들이……."

그녀는 그 말을 하다 목이 메었다.

"그들은 줄리가 손을 잃게 될지도 모른다고 했어요."

"뭐라고?"

"줄리가 저, 저 그릇에 손을 베었어요."

"어젯밤에?"

"오, 그게 뭐가 중요해요?"

그녀는 절규했다.

"패혈증에 걸렸어요. 안 들려요?"

그는 당황한 눈으로 그녀를 바라보았고 침대에서 반쯤 몸을 일으켰다.

"옷을 입어야겠어."

그가 말했다.

그녀의 분노가 가라앉고 피로와 그에 대한 연민이 파도처럼 밀려왔다. 어쨌거나 그것은 또한 그의 문제이기도 했다.

"그래요."

그녀는 힘없이 대답했다.

"그렇게 하는 게 좋겠어요."

4

에빌린의 아름다움은 삼십 대 초반엔 망설이는 듯하더니 그 직후엔 돌연히 결심이라도 했는지 그녀를 영원히 떠나 버렸다. 얼굴에 옅었던 주름은 갑자기 깊어졌고, 팔다리와 엉덩이에 급속도로 살이 붙었다. 양 눈썹을 씰룩거리던 버릇은 이제 표정이 되어 버렸다. 책을 읽거나 말할 때, 심지어 자는 동안에도 습관처럼 나타났다. 그녀는 마흔여섯 살이었다.

운이 상승하기보다 사그라지는 대부분의 가정에서처럼, 그녀와 해럴드는 무미건조한 대립 관계에 빠졌다. 휴식을 취할 때 그들은 부서진 낡은 의자를 보고 느낄 법한 관용을 가지고 서로를 바라보았다. 에빌린은 그가 아프면 좀 걱정이 되었고 낙담한 남자와 살아가는 진저리 나는 우울함 속에서도 밝은 마음을 가지기 위해 최선을 다했다.

저녁 시간 동안 브리지 게임이 끝나고 그녀는 안도의 한숨을 쉬었다. 그녀는 오늘 저녁엔 여느 저녁때보다 더 많은 실수를 했지만 신경 쓰지 않았다. 아이린은 그 보병대가 각별히 위험하다는 것을 말하지 말았어야 했다. 벌써 3주째 편지가 오지 않았고 이것이 통상적인 일이라 할지라도 그녀의 불안함을 없앨 순 없었다. 자연히 클로버가 몇 장이나 나왔는지 그녀는 알 수 없었다.

해럴드는 위층으로 갔고 그녀는 신선한 공기를 마시러 현관으로 걸어 나갔다. 밝고 황홀한 달빛이 보도와 잔디 위를 적시고 있었고, 약간의 하품이 섞인 웃음을 지으며 그녀는 젊은 시절 달빛 아래에서 오랫동안 사랑을 나누었던 일을 떠올렸다. 인생이 한때는 진행되고 있던 연애 사건의 총체였다는 생각이 들자 놀라울 따름이었다. 이젠 진행되고 있는 문제의 총체였다.

줄리는 문제가 있었다. 줄리는 열세 살이었고 최근 들어 자신의 기형에 더욱더 민감해지고 있었고 방에 틀어박혀 온종일 책만 읽으려고 했다. 몇 년 전 학교에 가야 한다는 생각에 몹시 놀란 적이 있었고 에빌린은 딸을 보내는 일을 도저히 할 수가 없어서, 줄리는 의수를 단 불쌍한 어린 존재로 엄마의 그늘에서 자라났다. 줄리는 의수를 사용하려 하지는 않고 절망적으로 주머니에 넣어 다니기만 했다. 줄리가 팔을 아예 들지 않을까

봐 두려운 나머지 에빌린은 요즘 줄리가 의수를 사용하는 수업을 듣게 하고 있지만, 수업이 끝나면 엄마가 시켜서 마지못해 움직일 때 외에는 그 작은 손을 드레스 주머니에 몰래 넣고 말았다. 한동안 그녀의 드레스는 주머니를 달지 않은 채 만들어졌지만 줄리가 한 달 내내 어쩔 줄 몰라 하며 가련하게 집 안을 헤매는 통에 에빌린은 그만 마음이 약해져 다시는 그와 같은 시도를 하지 않았다.

도널드의 문제는 시작부터 달랐다. 에빌린은 줄리가 자신에게 덜 기대도록 가르치면서도 도널드는 자신 곁에 두려는 헛수고를 했다. 최근에 일어난 도널드의 문제는 그녀의 손을 벗어난 것이었다. 그의 사단이 세 달째 해외 파병 중이었다.

에빌린은 또다시 하품을 했다. 인생은 젊은 사람들을 위한 것이었다. 그녀는 얼마나 행복한 젊은 시절을 보냈던가! 그녀는 그녀의 조랑말 비쥬와 열여덟 살에 어머니와 함께 떠난 유럽 여행을 떠올렸다.

"정말, 너무 복잡해."

에빌린은 달을 향해 세차게 외쳤고 집 안으로 들어가면서 문을 닫으려던 찰나, 그녀는 서재에서 나는 무슨 소리를 듣고 깜짝 놀랐다.

중년이 된 하녀 마사였다. 그들은 이제 하인을 한 명만 두고 있었다.

"아니, 마사!"

그녀는 놀라서 말했다. 마사는 재빨리 몸을 돌렸다.

"오, 저는 부인이 위층에 계신 줄 알았어요. 저는 그냥……."

"무슨 문제라도 생겼어?"

마사가 머뭇거렸다.

"아니에요, 제가……."

그녀는 안절부절못하며 서 있었다.

"편지 때문이에요, 파이퍼 부인. 제가 어딘가에 두었는데."

"편지? 자네 편지?"

에빌린이 물었다.

"아니요, 부인에게 온 것이었어요. 오늘 오후에 마지막 우편물에 섞여 있었어요, 파이퍼 부인. 우체부가 저에게 그걸 주는데 그때 뒷문에서 초인종이 울렸어요. 그걸 손에 들고 있었으니 어딘가에 꽂아 놨을 텐데. 깜빡 잊고 이제 찾으려고요."

"어떤 편지였는데? 도널드한테서 온 거야?"

"아니에요. 아마 광고나 업무 편지였을 거예요. 길고 좁은 편지였어요, 제 기억으로는요."

둘은 서류 정리함과 벽난로 선반을 살피며 음악실을 샅샅이 뒤지기 시작했고, 그다음에는 서재로 가서 꽂아 놓은 책 위로 손을 더듬어 보았다. 마사는 낙담하여 잠시 멈추었다.

"어디였는지 생각이 나지 않아요. 부엌으로 곧장 갔는데. 어쩌면 식당이었을지도 모르고요."

그녀는 기대를 갖고 식당으로 향하다가 뒤에서 숨을 헐떡이는 소리에 갑자기 몸을 돌렸다. 에빌린이 안락의자에 침울하게 앉아 미친 듯이 눈을 깜빡이며 양 눈썹을 아주 가깝게 씰룩거리고 있었다.

"어디 아프세요?"

잠깐 대답이 없었다. 에빌린은 미동도 없이 앉아 있었고 마사는 그녀의 가슴이 몹시 빠르게 오르락내리락하는 것을 볼 수 있었다.

"어디 아프세요?"

마사가 다시 물었다.

"아니야."

에빌린이 느릿느릿 대답했다.

"하지만 그 편지가 어디 있는지 알겠어. 이제 가 봐, 마사. 내가 알아."

의아하게 생각하면서 마사는 물러갔고, 여전히 에빌린은 그곳에 앉아 눈 주위 근육만을 움직였다. 눈썹을 찌푸렸다 펴고 다시 찌푸렸다. 그녀는 이제 그 편지가 어디 있는지 알았다. 그녀는 자신이 놓아둔 것처럼 알았다. 그리고 그녀는 본능적으로, 의심할 나위 없이 그 편지가 무엇인지 알 수 있었다. 그것은 광고물처럼 길고 좁았지만 커다란 봉투 한 귀퉁이에는 '미육군

성'이라고 쓰여 있을 테고 아래에는 '공무'라는 작은 글씨가 적혀 있을 것이었다. 그녀는 그녀의 죽음이 적힌 편지가 커다란 그릇 속에 있음을 알고 있었다. 그 편지의 겉에는 그녀의 이름이 잉크로 적혀 있을 것이었다.

그녀는 머뭇거리며 일어나 책장을 더듬고 문을 거쳐 식당 쪽으로 걸어갔다. 잠시 후 그녀는 전등을 찾아 불을 켰다.

그 그릇이 있었다. 진홍색 사각형 테두리에 검정과 노랑 사각형 테두리가 있고 그 위에 푸른색 테두리가 있는 육중한 그것이 전깃불을 반사하고 있었고, 기괴하고 의기양양한 불길함을 번쩍이고 있었다. 그녀는 앞으로 한 발짝 나가 다시 멈추었다. 한 발짝만 더 가면 저 꼭대기와 안을 볼 수 있을 것이다. 또 한 발짝 다가가면 하얀 테두리를 보게 될 것이다. 그리고 또 한 발짝 더 나아가면……. 그녀의 손이 거칠고 차가운 표면에 닿았다.

곧바로 그녀는 편지를 뜯었다. 굳게 접힌 편지지를 더듬어 잠시 들고 있자, 타자로 친 편지가 그녀를 쏘아보며 덤벼들었다. 그러곤 새처럼 퍼덕이며 바닥으로 떨어졌다. 조금 전까지만 해도 윙윙 소리를 내며 도는 것 같던 집이 일순간 아주 고요해졌다. 산들바람이 지나가는 자동차 소리를 싣고 열린 현관문으로 살며시 들어왔다. 그녀는 위층에서 희미한 소리를 들었고 이내 책장 뒤편의 배관에서 삐걱대는 소리를 들었다. 남편이 수도꼭지를 돌리는 소리였다.

그리고 그 순간 결국 이것은 도널드에 관한 문제가 아니라는 생각이 들었다. 그것은 모르는 사이에 진행된 다툼의 표지일 뿐이었다. 에빌린과 이미 오래전에 얼굴을 잊어버린 남자로부터 받은 차갑고 악의에 찬 아름다운 물건 사이에서, 갑작스럽게 격동했다가 오랫동안 열의 없이 멈추기를 반복해 온 다툼인 것이었다. 육중하고 생각에 잠긴 부동의 상태로 그 물건은 오랜 세월 동안 그녀의 집 중앙에 자리를 잡은 채 천 개의 눈으로 얼음 같은 광선을 내뿜었고 사악한 빛은 서로서로 섞이며 결코 늙지도 변하지도 않았다.

에빌린은 식탁 모서리에 앉아 홀린 듯 그릇을 바라보았다. 이제 그것은 미소를, 그것도 아주 잔인한 미소를 지으며 마치 이렇게 말하고 있는 것 같았다.

"알겠지, 이번엔 내가 너를 직접 다치게 할 필요도 없었어. 귀찮을 일도 없었지. 네 아들을 데려간 게 나라는 걸 너도 알 거야. 넌 내가 얼마나 차갑고 얼마나 단단하고 얼마나 아름다운지 알 거야. 너도 한때는 그만큼 차갑고 단단하고 아름다웠으니까."

그릇은 갑자기 몸을 뒤집어 크게 부풀어 오르는 것 같았다. 그러더니 엄청나게 큰 덮개가 되어 번쩍번쩍 빛나고 전율하며 방을 덮고 집을 덮었고 벽이 천천히 녹아내려 안개로 변하는 동안 에빌린은 그릇이 여전히 그녀로부터 아주 먼 곳까지 움직이고 또 움직여 수평선과 태양과 달과 별들을 가려 결국 그릇 너머로 잉크 얼룩 같은 것만 보이는 광경을 지켜보았다. 그리고 그릇 아래로 모든 사람이 걸어 다니고 그들을 통해 비치는 빛은 굴절되고 뒤틀려 그림자가 빛처럼 보이고 빛이 그림자처럼 보였다. 반짝이는 그릇의 하늘 아래에서 세상 모든 장관이 변하고 일그러졌다. 그러더니 저 멀리서 낮지만 청아한 종소리 같은 목소리가 우르르 울렸다. 그 목소리는 그릇의 중앙에서부터 거대한 그릇의 옆면을 타고 땅으로 내려와 이내 그녀를 향해 맹렬히 튀어 왔다.

"너도 알겠지, 난 운명이다."

그것이 소리쳤다.

"그리고 네 보잘것없는 계획보다 강하지. 나는 일의 귀추이고 너의 하찮은 꿈과는 다르다. 나는 급히 지나가는 시간이자 아름다움과 이루지 못한 소망의 끝이다. 모든 사건과 무지각과 결정적인 순간을 빚어내는 짧은 순간들이 모두 나의 것이다. 나는 어떤 규칙도 증명할 수 없는 예외이자 너를 지배하는 극한의 것이며 인생이라는 요리의 양념이다."

우르르 울리던 소리가 멈추었다. 메아리는 넓은 대지를 울리며 뻗어 가 세상의 경계를 긋고 있는 그릇의 테두리로 향하더니 거대한 옆면을 타고 올라가 중앙으로 돌아가 잠깐 윙윙거리는 소리를 내고는 사라졌다. 곧 거대한 벽들이 그녀를 향해 천천히 다가오기 시작했고 점점 작아지더니 그녀를 뭉개 버리기라도 할 것처럼 가까이 더 가까이 다가왔다. 그녀는 두 손을 꽉 잡고 그 차가운 유리로 곧 입을 상처를 기다렸는데, 그 그릇은 돌연 비틀거리며 몸을 뒤집었다. 그릇장 위에서 그것은 수백 개의 프리즘을 통해 가지각색의 다채로운 빛을 뒤섞으며 반짝였다.

차가운 바람이 현관문을 통해 또다시 불어 들어왔고, 에빌린은 필사적으로 광란의 힘을 발휘하여 그릇 주위로 두 팔을 뻗어 감쌌다. 그녀는 빨라야 했다. 그녀는 강해야 했다. 그녀는 두 팔을 아프도록 바짝 죄어 부드러운 살 아래에 있는 가느다란 근육을 팽팽하게 했다. 있는 힘을 다해 그것을 들어 올려 안았다. 힘을 주느라 드레스가 찢어져 등에 찬바람이 불어 들어왔고 그것을 느낀 그녀는 바람을 향해 돌아서 엄청난 무게 때문에 휘청거리며 서재를 지나 현관을 향해 걸어갔다. 그녀는 빨라야 했다. 그녀는 강해야 했다. 두 팔의 핏줄이 힘없이 파르르 떨렸고 아래의 두 무릎은 내려앉으려고 했지만 시원한 유리의 감촉은 좋았다.

현관문을 나선 그녀는 기우뚱거리며 돌계단을 디뎠다. 그러고 거기서 마지막으로 있는 힘을 다하기 위해 몸과 영혼의 모든 신경과 근섬유를 끌어모아 몸을 반쯤 빙 돌렸다. 잠깐 그녀가 붙잡고 있던 그릇을 놓으려던 순간, 감각을 잃은 손가락들이 울퉁불퉁한 표면에 착 들러붙었다. 바로 그 순간 그녀는 미끄러지면서 균형을 잃고 절망적인 비명과 함께 앞으로 쓰러졌다. 두 팔은 여전히 그릇을 감싸 안은 채…… 아래로…….

길 건너편에 불이 켜졌다. 한참 떨어진 구역에까지 그 쨍그랑하며 작살나는 소리가 들렸고 행인들은 뭔지 궁금해하며 부리나케 몰려들었다. 위층에선 피로한 남자가 잠의 문턱에서 깨어났고 어린 소녀가 무서운 꿈을 꾸고 훌쩍거렸다. 그리고 달빛이 어린 보도 위로 꼼짝도 하지 않는 검은 형체 주변으로 수백 개의 프리즘과 정육면체와 유리 조각들이 불빛을 받아 어렴풋이 파란색 그리고 노란 테두리가 있는 검은색, 노란색, 그리고 검은 테두리가 있는 선홍색으로 빛났다.

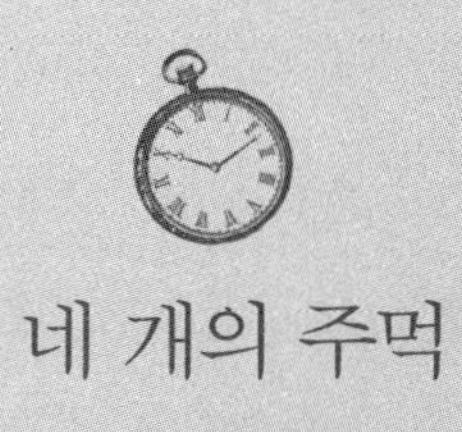

네 개의 주먹

1

현재로서는 내가 알기론 그 누구도 새뮤얼 매러디스를 때리고 싶다는 생각을 꿈에도 하지 않는다. 아마 그 이유는 오십이 넘은 사람은 자칫하면 적의에 찬 주먹에 맞는 순간 꽤 심각하게 금이 갈 수 있기 때문일 것이다. 하지만 내 경우에는 그에게서 때려 주고 싶은 면모가 상당히 사라졌기 때문이라고 생각하고 싶다. 하지만 그의 인생에서 때려 주고 싶은 면모가 여러 차례 얼굴에 나타났던 것은 분명했고, 마치 소녀의 입술이 키스하고 싶은 면모를 품고 있는 것만큼이나 확실하다.

누구나 그런 사람을 만난 적이 있을 거라 확신한다. 어쩌다 소개를 받아 친구 관계까지 맺었는데도, 격렬한 반감을 불러일으키는 부류라고 느껴지는 사람 말이다. 혹자는 자기도 모르는 사이 저절로 주먹이 쥐어진다고도 하고, 또 다른 이들은 '조롱을 하고 재빨리 눈에 한 방 먹여 주고 싶다'고 중얼거리게 만드는 사람. 새뮤얼 매러디스의 이목구비를 나란히 놓고 보면 이런 면모가 너무 강해서 그것은 그의 인생 전체에 영향을 미쳤다.

무엇이었을까? 분명 생김새에 관한 문제는 아니었다. 그는 어린 시절부터 일찍이 얼굴이 잘생긴 사람이었기 때문이다. 이마는 시원스레 넓었고 잿빛 눈동자는 솔직하고 친근했다. 하지만 나는 '성공' 실화를 낚으려는 기자들로 꽉 찬 방에서 그가 진실을 말하는 것은 부끄러운 일이라고 말하는 걸 들었다. 말을 해도 믿지 않을 것이며, 하나가 아니라 네 개의 이야기이고, 대중들은 주먹을 맞으면서 유명 인사가 된 사람의 이야기를 읽고 싶어 하지 않을 것이라고 말했다.

그가 열네 살 때 다닌 필립스 앤도버 학교에서 그 모든 것이 시작되었다. 그는 유럽의 수도 절반을 누비며 캐비어를 먹고 벨보이들의 수발을 받으며 자랐다. 그의 어머니가 신경쇠약을 앓았기 때문에 자식의 교육을 그다지 부드럽지 않고 편향되지 않은 손길에 맡긴 것은 순전한 행운이었다.

앤도버에 길리 후드라는 이름의 룸메이트가 있었다. 길리는 열세 살이었고 작은 체구에 학교에서 총애를 받는 학생이었다. 9월의 개강 일에 매러디스 씨의 시종이 새뮤얼의 옷을 가장 좋은 서랍에 채워 넣고 떠나면서 물었다.

“새뮤얼 도련님, 뭐 또 필요하신 것이 있나요?”

그러자 길리는 선생들이 자기를 속였다고 소리를 질러 댔다. 그는 자기 어항에 금붕어를 풀어놓은 걸 본 개구리처럼 성이 났다.

“참 나!”

그는 자신과 마음이 맞는 동급생들에게 불평을 늘어놓았다.

“그 녀석은 역겨운 거드름쟁이야. 그 녀석이 ‘여기 모인 사람들은 신사니?’라고 하기에 내가 ‘아니, 남자아이들이야’라고 말했지. 그러자 그 녀석이 나이는 중요하지 않다고 하는 거야. 그래서 내가 ‘누가 그렇대?’라고 했지. 나한테 건방 떨어 보라지. 늙어 빠진 얼간이 녀석!”

3주 동안 길리는 어린 새뮤얼이 자신의 친구들의 복장이나 버릇에 관해 말하는 것을 말없이 견뎠고, 대화 중에 프랑스 관용구를 쓰는 것도 참아 냈다. 신경이 과민한 엄마가 만약 아들과 충분히 가까이 지낸다면 아들에게 할 법한, 여자나 할 수백 가지의 쩨쩨한 행동도 참았다. 이윽고 폭풍우가 어항으로 불어닥쳤다.

새뮤얼은 나가고 없었다. 한 무리의 아이들이 모여 길리가 자신의 룸메이트가 저지른 최근의 과오에 대해 격분하는 것을 듣고 있었다.

“그 녀석이, ‘오, 나는 밤에 창문을 열어 두는 것을 싫어해’라고 말하는 거야. '조금 열어 두는 것은 괜찮지만'이러면서."

길리가 불평을 늘어놓았다.

"그 녀석이 널 마음대로 휘두르도록 놔두지 마."

"날 휘두른다고? 말도 안 되는 소리. 창문이야 내가 열 수 있어, 하지만 그 빌어먹을 얼간이 녀석은 아침에 창문을 교대로 닫자고 해도 하지 않을걸."

"하라고 해, 길리. 왜 안 해?"

"그러려던 참이었어."

길리는 몹시 동조하며 고개를 끄덕였다.

"걱정하지 마. 그 녀석이 나를 자기 집사 따위로 생각하게 놔두진 않을 거니까."

"네가 그렇게 하는지 보자."

바로 그 순간 그 빌어먹을 얼간이 녀석이 몸소 들어왔고, 모인 아이들에게 그 짜증나는 미소를 지어 보였다. 두 아이가 말했다.

"안녕, 매러디스."

다른 아이들은 그에게 싸늘한 시선을 던지고 길리와 계속해서 말을 했다. 하지만 새뮤얼은 불만족스러워 보였다.

"내 침대에 앉지 말아 줄래?"

새뮤얼은 매우 편안하게 침대에 걸터앉아 있는 길리의 친구 두 명에게 정중하게 부탁했다.

"뭐?"

"내 침대 말이야. 우리말 못 알아듣니?"

이것은 무례에 모욕까지 더한 것이었다.

침대의 위생 상태와 그 안에서 발견된 동물의 흔적에 대한 여러 이야기도 늘어놓았다.

"낡아 빠진 네 침대가 그렇게 중요해?"

길리가 공격적으로 물었다.

"침대는 괜찮아, 하지만……."

길리가 자리에서 일어나 새뮤얼에게 다가가는 바람에 말이 끊겼다. 그는 몇 센티미터 떨어진 곳에 멈추어 그의 눈을 사납게 노려보았다.

"너와 네 그 잘난 침대."

그가 말하기 시작했다.

"너와 네 그 잘난……."

"손 좀 봐 줘, 길리."

누군가가 중얼거렸다.

"그 빌어먹을 얼간이 녀석에게 보여 줘……."

새뮤얼은 냉정하게 시선을 마주했다.

"나 참."

그가 마침내 입을 열었다.

"이건 내 침대고……."

그는 더 이상 말할 수 없었다. 길리가 팔을 뒤로 뺐다가 코에 한 방 날렸기 때문이다.

"그렇지! 길리!"

"그 못된 녀석한테 뜨거운 맛 좀 보여 줘!"

"털끝 하나라도 건드려 보라고 해, 어떻게 되는지!"

아이들의 무리가 두 사람 주변으로 몰려들었고, 새뮤얼은 난생처음으로 심하게 미움을 받으면 견딜 수 없을 만큼 불편하다는 사실을 깨달았다. 그는 심한 적대감을 갖고서 노려보고 있는 얼굴을 무기력하게 둘러보았다. 그는 자기 룸메이트보다 머리 하나만큼 더 키가 컸기 때문에, 자신도 맞받아친다면 약한 자를 못살게 구는 아이로 불릴 것이고 5분 내에 대여섯 번의 싸움을 더 감내해야 할 형편이었다. 그러나 한 대 치지 않는다면 겁쟁이가 될 상황이었다. 잠시 길리의 이글거리는 눈빛을 마주보며 그 자리에 서 있던 그는 곧 급작스러운 목멘 소리를 내며 자신을 빙 둘러싼 아이들을 제치고 방에서 뛰쳐나왔다.

다음 한 달은 새뮤얼의 인생에서 가장 비참한 30일로 묶을 수 있었다. 그는 걸어갈 때마다 동기생들의 비난 어린 말을 들어야 했다. 그의 습관과 버릇은 용납할 수 없는 웃음거리가 되었고 당연한 말이지만 사춘기의 예민함 때문에 더욱 괴로웠다. 그는 자신이 타고난 왕따라고 생각했다. 학교에서의 나쁜 평판이 평생 그를 따라다닐 것 같았다. 크리스마스 휴일 동안 집에 갔을 때 그가 너무나 의기소침한 나머지, 아버지는 새뮤얼을 신경과 전문의에게 보냈다. 새뮤얼이 앤도버로 돌아왔을 때, 그는 정류장에 혼자 남아 학교에 일부러 늦게 도착하려는 계획을 세우기도 했다.

그 이후로 새뮤얼은 자신의 행동에 어떤 잘못이 있었는지 생각해 보았고, 그러는 동안 다른 아이들도 그런 새뮤얼을 지켜봐 주었다. 다음 해 가을, 그는 다른 사람을 배려하는 법을 깨달았고 그 짧은 경험은 인생에서 가장 큰 전환점이 되었다. 3학년이 시작될 무렵, 새뮤얼 매러디스는 자신의 학년에서 가장 인기 많은 소년 중 하나가 되었고, 첫 번째 친구이자 변치 않는 벗인 길리 후드만큼 그를 지지해 준 사람도 없었다.

2

새뮤얼은 1890년대 초에 이륜마차와 사륜마차와 대형 마차를 몰고 프린스턴과 예일 그리고 뉴욕을 누비며 풋볼 경기가 얼마나 사회적으로 중요한지를 몸소 보여 주는 대학생이었다. 그는 예법을 제대로 갖추는 것을 열렬히 신봉했다. 감수성이 예민한 신입생들은 그가 장갑을 고르는 모습, 타이를 매고 고삐를 쥐는 모습들을 따라했다. 그가 속한 집단 밖에서는 특권의식으로 여겨지기도 했지만, 그가 속한 집단이 그야말로 주류 집단이었기 때문에 그는 전혀 걱정하지 않았다. 그는 가을에는 풋볼을 하고, 겨울에는 하이볼을 마시고, 봄에는 조정 경기를 했다. 새뮤얼은 신사가 아닌 단순한 운동선수나, 운동선수가 아닌 단순한 신사를 모두 경멸했다.

그는 뉴욕에 살면서 주말엔 가끔 여러 친구들을 집으로 데려갔다. 철도마차를 타고 다니던 시절이었고, 복잡할 경우엔 새뮤얼의 집단에 속한 사람이라면 누구라도 물론 자리에서 일어나서 있는 숙녀에게 예의를 갖춰 인사를 하며 자리를 양보하는 것이 당연한 일이었다. 새뮤얼이 3학년이던 어느 밤, 그는 친한 친구 두 명과 함께 철도마차에 올라탔다. 빈 좌석이 셋 있었다. 새뮤얼은 자리에 앉으면서 옆자리에 잠이 와서 눈이 몽롱한 인부가 앉아 있는 것을 알았다. 그는 불쾌한 마늘 냄새를 풍기며 새뮤얼 쪽으로 몸을 약간 기대고 있었고 피곤한 사람이라면 으레 그러하듯 다리를 벌리며 지나치게 많은 공간을 차지하고 있었다.

철도마차는 몇 블록을 가서 네 명의 젊은 아가씨들을 태우러 멈춰 섰고, 당연히 상류사회의 세 남자는 자리에서 벌떡 일어나 응당 그래야 하는 관례에 따라 자신들의 자리를 내주었다. 불행히도 여우 사냥 때 여우가 목격되었음을 알리는 신호와 넥타이에 생소한 인부는 그들의 본보기를 따르지 못했고, 젊은 여성 한 명은 난처한 상태로 남았다. 열네 개의 눈이 책망하는 듯 그 야만인을 노려보았다. 일곱 개의 입술이 살짝 비쭉거렸다. 하지만 경멸의 대상은 자신의 비열한 행동을 전혀 눈치채지 못하고 무신경하게 앞만 바라보고 있었다. 가장 격분한 사람은 새뮤얼이었다. 그는 남자가 그렇게 처신하는 것에 모욕감을 느꼈다. 그는 큰 소리로 말했다.

"숙녀가 서 계시네요."

그가 준엄하게 말했다.

그 정도면 충분했으련만, 그 경멸의 대상은 멍하니 올려다보기만 했다. 서 있던 아가씨는 킥킥거리며 친구들과 초조한 시선을 주고받았다. 하지만 새뮤얼은 자극을 받았다.

"숙녀가 서 계시잖소."

그가 신경질 난 목소리로 되풀이했다. 그 남자도 상황을 파악한 것 같았다.

"나도 요금을 지불했소."

그가 조용히 말했다.

새뮤얼은 얼굴이 벌개져서 주먹을 불끈 쥐었지만, 차장이 그들 쪽을 보고 있었고 친구들이 경고하는 고갯짓을 해서 그는 시무룩하게 마음을 가라앉혔다.

그들이 목적지에 도착해 마차에서 내리자, 그 인부도 작은 양동이를 흔들며 그들을 따라 내렸다. 기회를 틈타 새뮤얼은 더 이상 자신의 귀족적 성향을 억누르지 않기로 했다. 그는 돌아서서 거의 삼류 소설에나 나올 만한 말로 빈정거리면서, 하등동물이 인간과 함께 마차에 탈 권리가 있느냐고 크게 떠들어댔다.

그 즉시 인부는 양동이를 내팽개치고 그에게 달려들었다. 미처 대비하지 못한 채, 새뮤얼은 턱에 주먹을 정통으로 맞고 자갈이 깔린 도랑에 큰 대자로 드러누웠다.

"날 비웃지 마!"

가해자가 소리쳤다.

"난 하루 종일 일했어. 피곤해 죽을 것 같다고!"

인부가 말하는 동안 급격히 끓어올랐던 분노가 그의 눈에서 사라지고 피로한 표정이 가면처럼 다시 얼굴을 덮었다. 그는 돌아서서 양동이를 집어 들었다. 새뮤얼의 친구들이 그가 가는 방향으로 재빨리 걸음을 옮겼다.

"기다려!"

새뮤얼이 천천히 일어서서 돌아오라고 손짓했다. 언젠가, 어디선가, 그는 예전에도 이렇게 맞은 적이 있었다. 이내 그는 기억해 냈다. 길리 후드. 말없이 먼지를 떨어내는 그 순간, 앤도버 시절 기숙사 방의 장면 전체가 그의 눈앞에 펼쳐졌고, 그는 자기가 또다시 잘못했다는 것을 직관적으로 알았다. 이 남자의 힘과 휴식은 그의 가족을 보호해 주는 것이었다. 어떤 젊은 아가씨보다도 그에게 마차의 좌석이 절실히 필요했다.

"괜찮아."

새뮤얼이 무뚝뚝하게 말했다.

"그를 내버려 둬. 내가 빌어먹을 한심한 놈이었어."

물론 새뮤얼이 올바른 예법의 근본적인 중요성에 관한 그의 생각을 다시 정립하는 데에는 한 시간, 아니 일주일 이상이 걸렸다. 처음에 그는 단지 자신이 옳지 않았기 때문에 무기력했다고 인정했다. 길리에게 무기력하게 대응했던 것과 마찬가지로. 하지만 결국 인부에게 저지른 실수는 그의 태도 전반에 영향을 미쳤다. 특권 의식이라는 것은 결국 단지 오만하게 자라난 허울 좋은 예의범절일 뿐이었다. 그래서 새뮤얼의 규칙은 그대로 지켜졌지만 다른 사람들도 그래야 한다는 필요성은 어느 도랑 속으로 사라졌다. 그 해가 가기 전에 그의 동기생들은 더 이상 그가 특권 의식이 있다고 말하지 않게 되었다.

3

몇 년 후, 새뮤얼은 대학을 졸업했다. 그에게 남은 것은 빛 바랜 넥타이, 졸업증서, 그리고 과한 자신감, 몇몇 친구들, 무해하지만 나쁜 습관들이었다. 새뮤얼은 그것들과 함께 혼란 가득한 사회로 내보내졌다.

그의 가족은 그 무렵 설탕 시장의 급락으로 셔츠 차림의 서민 생활로 되돌아갔고, 새뮤얼이 일하러 갈 때쯤엔 이미 조끼의 단추까지 풀려 버린 상태였다. 그의 정신은 이따금 백지 상태였지만, 그는 활기와 감화력 모두를 갖추고 있었기 때문에, 몸을 날쌔게 피하던 하프백으로서의 예전 실력을 십분 활용하여 월스트리트의 인파 속을 누비며 은행 수금원으로 일했다.

그가 기분 전환을 하는 방법은 바로 여자들을 만나는 것이었다. 사교계에 갓 데뷔한 두세 명, 배우 한 명(이류이긴 하지만), 별거 중인 유부녀, 결혼 후 저지시티의 작은 집에 살고 있는 어리고 정에 약한 갈색 머리 여자까지.

둘은 연락선에서 만났다. 새뮤얼은 사업차 뉴욕에서 강을 건너는 중이었고(그때쯤 그는 이미 몇 년간 근무를 한 상태였다) 그는 그녀가 인파 속에 떨어뜨린 짐을 찾는 것을 도와주었다.

"자주 건너오십니까?"

그는 무심한 듯 물었다.

"쇼핑할 때만요."

그녀는 수줍게 말했다. 그녀는 커다란 갈색 눈과 왠지 애처로움이 느껴지는 작은 입을 가지고 있었다.

"결혼한 지 3개월밖에 안 됐는데, 이쪽에서 사는 게 생활비가 더 적게 드는 걸 깨달았어요."

"그분은, 그러니까 남편분은 당신이 이렇게 혼자 있어도 괜찮다고 생각합니까?"

그녀는 웃었다. 명랑하고 기운찬 웃음이었다.

"오, 어머, 아니에요. 만나서 같이 저녁 먹기로 했는데 제가 장소를 잘못 안 게 틀림없어요. 그이는 몹시 걱정하고 있을 거예요."

"그러면."

새뮤얼이 불만스러운 듯이 말했다.

"당연히 그래야죠. 괜찮으시면 제가 댁까지 바래다 드리겠습니다."

그녀는 그의 제안을 고맙게 받아들였고, 두 사람은 함께 전차를 탔다. 둘은 그녀의 작은 집에 이르는 길을 걷다가 집에 불이 켜진 것을 보았다. 남편이 먼저 집에 와 있었던 것이다.

"그이는 질투가 굉장히 심해요."

그녀가 미안한 듯 웃으며 이렇게 말했다.

"알겠습니다."

새뮤얼이 다소 딱딱하게 대답했다.

"저는 이쯤에서 그만 돌아가는 게 낫겠군요."

그녀는 그에게 고맙다고 인사를 했고, 작별의 손을 흔들며 그는 그녀를 떠났다.

일주일 후 어느 아침, 그들이 5번가에서 마주치지 않았다면 그걸로 끝이었을 것이다. 그녀는 움찔하더니 얼굴을 붉혔고, 그를 만난 것이 몹시 반가웠는지 둘은 마치 오랜 친구처럼 서로 대화를 나누었다. 그녀는 양장점에 가는 길이었는데, 테인 식당에서 홀로 점심을 먹고 오후 내내 쇼핑을 하고 나서 5시에 연락선에서 남편과 만나기로 했다는 것이었다. 새뮤얼은 그녀에게 남편은 대단한 행운아라고 말했다. 그녀는 또다시 얼굴을 붉히며 종종걸음으로 뛰어갔다.

새뮤얼은 사무실로 돌아가는 내내 휘파람을 불었다. 12시 무렵에는 그 애처롭고 매력적인 작은 입이 사방에서 보이기 시작했다. 그 갈색 눈동자도. 그는 시계를 보며 안절부절못했다. 그가 점심을 먹는 아래층 식당과 그곳에서 이루어지는 남자들 사이의 무거운 대화가 떠올랐고 그 장면과 반대되는 다른 장면이 생각났다. 갈색 눈과 그 입이 테인 식당의 몇 걸음 떨어진 작은 식탁에 앉아 있는 모습이었다. 12시 반을 몇 분 남겨 놓고 그는 급히 모자를 쓰고 전차로 돌진했다.

그녀는 그를 본 것에 무척 놀란 것 같았다.

"어머…… 안녕하세요."

그녀가 말했다. 새뮤얼은 그녀가 그저 기분 좋게 놀랐음을 알 수 있었다.

"점심을 같이하면 어떨까 생각했습니다. 북적대는 사내들 틈에서 식사를 하는 건 몹시 따분한 일이거든요."

그녀는 망설였다.

"좋아요, 나쁠 건 없겠죠. 그럴 건 또 뭐람!"

남편이 자신과 함께 점심을 먹어야 했다는 생각이 떠올랐다. 하지만 그는 정오에는 대개 몹시 바빴다. 그녀는 새뮤얼에게 남편에 대한 모든 것을 이야기해 줬다. 그는 새뮤얼보다 키는 조금 작지만, 훨씬 잘생겼다. 회계 담당이었고 돈을 많이 벌지는 못하지만 둘은 아주 행복하며 3, 4년 안에 부자가 될 거라 기대하고 있다고 했다.

새뮤얼이 만나고 있던 별거 중인 유부녀는 3, 4주 동안 걸핏하면 다툴 기세였다. 그 만남과 대조적이었기에 새뮤얼은 이 만남에서 더욱 큰 즐거움을 얻었다. 그녀는 정말 신선했고, 진지했으며 조금이나마 대담한 면이 있었다. 그녀의 이름은 마저리였다.

둘은 다음에 또 만나기로 했다. 실은 한 달 동안 일주일에 두세 번씩 둘이 함께 점심을 먹었다. 그녀의 남편이 야근을 하는 게 확실할 때면 새뮤얼이 연락선을 타고 그녀를 뉴저지까지 데려다주었고, 항상 바깥에서 안전하게 지켜보고 있는 가운데 그녀가 집 안으로 들어가 가스등 불을 켜고 난 후에야 작은 현관을 떠났다. 이것은 점차 하나의 의식이 되었다. 그리고 그것이 그를 괴롭혔다. 창밖으로 새어 나오는 불빛은 그가 떠나도 좋다는 일종의 신호였다. 그는 단 한 번도 들어가려고 하지도 않았고 마저리도 그를 안으로 들이지 않았다.

새뮤얼과 마저리가 단지 아주 좋은 친구 사이라는 것을 보여주기 위해 가끔 서로 점잖게 팔을 건드는 단계에 이르렀을 때쯤, 마저리와 남편은 부부가 서로에게 큰 관심을 갖지 않고서는 빠질 수 없는 극도로 민감하고 살짝만 건드려도 폭발할 것 같은 싸움을 하고 있었다. 그 싸움은 식은 양고기 조각 혹은 가스버너의 가스가 새는 것에서 시작했다. 그러던 어느 날 새뮤얼은 테인 식당에서 갈색 눈동자 아래 짙은 그늘을 드리우고

겁날 만큼 입을 삐죽거리고 있는 그녀를 보았다.

그 무렵 새뮤얼은 자신이 마저리를 사랑하고 있다고 생각했다. 그래서 그는 그 다툼을 최대한 활용했다. 그는 그녀의 가장 친한 친구로서 그녀의 손을 어루만졌다. 그러고 그녀가 작게 흐느끼며 그날 아침 남편이 한 말을 속삭이는 동안 그녀의 갈색 곱슬머리 가까이로 몸을 숙였다. 이륜마차를 타고 그가 연락선으로 그녀를 데려다주었을 때 그는 그녀의 가장 친한 친구보다는 조금 더 가까운 사이가 되어 있었다.

"마저리."

그는 평소처럼 현관에서 그녀를 떠나며 부드럽게 말했다.

"언제라도 나를 보러 오고 싶을 때, 이걸 기억해 줘요. 내가 항상 기다리고 있다는 걸. 항상 기다리고 있다는 걸."

그녀는 진지하게 고개를 끄덕이고는 그의 손이 자신의 두 손을 감싸게 했다.

"저도 알아요."

그녀는 말했다.

"우리가 친구라는 걸, 가장 좋은 친구라는 걸요."

그러고 그녀는 집 안으로 뛰어 들어갔고 그는 가스등 불이 켜질 때까지 그 자리에 서서 지켜보았다.

다음 한 주 동안 새뮤얼은 혼란에 빠져 초초하게 지냈다. 다소 고집스럽게 생각해 보면 이성은 실제로는 그와 마저리의 생각이 같지 않다고 경고를 보냈다. 하지만 이런 경우, 대개 물속에 진흙이 너무 많아 좀처럼 그 바닥을 볼 수 없는 법이다. 모든 꿈과 욕망이 그가 마저리를 사랑하고, 원하고, 그녀를 가져야 한다고 그에게 말했다.

싸움은 점점 커져 갔다. 마저리의 남편은 늦은 밤까지 뉴욕에 남는 버릇이 생겼고, 여러 번이나 불쾌하리만큼 과하게 흥분한 모습으로 집에 왔으며, 대개는 그녀를 비참하게 만들었다. 둘은 자존심이 너무 강해 그에 관한 말을 꺼내지 않았다. 마저리의 남편은 어쨌거나 상당히 점잖은 사람이었기 때문이다. 그래서 하나의 오해가 또 다른 오해를 낳았다. 마저리는 새뮤얼을 더욱 자주 찾아왔다. 여자는 다른 여자에게 가서 우는 것보다 남자의 동정을 받을 수 있을 때 훨씬 더 만족스러워하기 때문이다. 하지만 마저리는 자신이 그에게 얼마나 많이 의지하게 되었는지, 그리고 자신의 작은 우주에 그가 얼마나 큰 부분을 차지하고 있는지 깨닫지 못했다.

어느 날 밤 마저리가 집으로 들어가 가스등 불을 켰을 때, 새뮤얼은 집으로 돌아가는 대신 그녀를 따라 들어갔고 그들은 아담한 거실 한편에 놓인 소파에 함께 앉았다. 그는 몹시 행복했다. 그는 그녀의 집을 부러워했고 고집스러운 자존심 때문에 이런 소유물을 소홀히 하는 사람은 바보이며 아내를 차지할 가치가 없다고 생각했다. 하지만 그가 마저리에게 처음으로 키스를 했을 때 그녀는 조용히 울음을 터뜨리며 그에게 가라고 했다. 그는 충격을 받은 절망의 날개에 의지해 집으로 날아왔고, 이 낭만의 불꽃에 기름을 붓기로 결심했다. 아무리 큰 불길이 일어나더라도 누가 화상을 입더라도 상관없었다. 그 당시에 그는 자신의 생각이 그녀에 대해 이기적이지 않다고 생각했다. 후에 다시 생각해 보니 그는 그녀가 영화의 은막에 지나지 않았다는 것을 깨달았다. 새뮤얼 혼자였다. 맹목적이고 갈망했던 사람은.

다음 날 테인 식당에서 둘이 점심을 함께하려 만났을 때, 새뮤얼은 일체의 겉치레를 떨쳐 버리고 그녀에게 솔직하게 사랑을 고백했다. 어떠한 계획도 없었고 어떤 명확한 의도도 없었다. 그녀의 입술에 다시 키스를 하고, 그녀를 껴안고 그녀가 아주 자그마하고 애처롭고 사랑스럽다는 것을 느끼고 싶을 뿐이었다. 그는 그녀를 집으로 데려갔고 이번에는 둘의 심장이 쿵쾅거릴 때까지 키스를 했다. 단어와 구문이 그의 입술에서 만들어졌다.

그리고 그때 갑자기 현관에 발소리가 들렸다. 누군가의 손이 바깥문을 열려고 했다. 마저리의 얼굴이 하얗게 질렸다.

"잠깐만요!"

그녀는 몹시 놀란 목소리로 새뮤얼에게 작게 말했다. 하지만 방해를 받은 것에 참을 수 없이 화가 난 그는 현관으로 걸어가

문을 홱 열어젖혔다.

누구라도 이런 장면을 무대에서 본 적이 있을 것이다. 하도 자주 봐서 그런 일이 실제로 일어나면 사람들은 마치 배우들처럼 행동하게 된다. 새뮤얼은 자기가 어떤 배역을 연기하고 있다고 느꼈고 대사가 제법 자연스럽게 흘러나왔다. 그는 모든 사람은 자기 자신의 인생을 주도할 권리가 있다고 선언했고 감히 그것을 의심하느냐는 듯 위협하는 눈빛으로 마저리의 남편을 노려보았다. 마저리의 남편은 가정의 신성함을 역설했는데, 최근에는 자신에게 그것이 그다지 신성해 보이지 않았다는 걸 잊은 모양이었다. 새뮤얼은 '행복할 권리'라는 대사를 이어서 계속했다. 마저리의 남편은 총기와 이혼 법정을 언급했다. 그러다 갑자기 그는 멈추고 둘을 유심히 바라보았다. 마저리는 소파에 처량하게 축 늘어져 있었고, 새뮤얼은 의식적으로 영웅적인 태도를 취하며 알고 있는 것을 모조리 늘어놓고 있었다.

"위층으로 올라가, 마저리."

남편이 바뀐 어조로 말했다.

"그 자리에 있어요!"

새뮤얼이 재빨리 되받아쳤다.

마저리는 비틀거리며 일어서서 주저앉더니 다시 일어나 계단을 향해 머뭇거리며 걸어갔다.

"바깥으로 나오시오."

그녀의 남편이 새뮤얼에게 말했다.

"이야기 좀 합시다."

새뮤얼은 마저리를 흘끗 보았고 그녀의 눈에서 어떤 메시지를 얻으려고 애썼다. 이내 그는 입술을 굳게 다물고 바깥으로 나갔다.

밝은 달이 떠 있었고 마저리의 남편이 계단을 내려올 때 새뮤얼은 그가 고통스러워하고 있음을 분명히 알 수 있었다. 하지만 그에 대한 동정심은 생기지 않았다.

그들은 몇 발짝 떨어져 선 채로 서로를 쳐다보았고, 마저리의 남편은 마치 목이 쉬기라도 한 듯 목청을 가다듬었다.

"저 사람은 내 아내요."

그는 나직하게 말했고 곧 사나운 분노가 그의 마음속에서 치솟아 올랐다.

"이 빌어먹을 놈!"

그가 소리쳤다. 그리고 온 힘을 다해 새뮤얼의 얼굴을 가격했다.

새뮤얼이 땅으로 쓰러지던 그 순간, 예전에도 두 번 이런 식으로 맞은 적이 있다는 생각이 번뜩 스쳐 지나갔다. 그리고 동시에 그 사건은 꿈처럼 바뀌었다. 그는 문득 잠에서 깬 듯한 느낌이 들었다. 그는 자동적으로 벌떡 일어나 공격 자세를 취했다. 또 다른 사나이는 조금 떨어진 곳에서 두 주먹을 올리고 기다리고 있었다. 새뮤얼은 키와 몸무게 등 육체적으로는 그를 조금 앞서 나가지만 그를 칠 수는 없을 거란 걸 알았다. 그 상황은 기적적으로 그리고 전적으로 바뀌었다. 조금 전까지만 해도 새뮤얼은 자신이 영웅이라고 생각했다. 이제 그는 비열한 악당이자 외부인인 것만 같았다. 그리고 작은 집의 빛을 등진 채 윤곽을 보이며 서 있는 마저리의 남편은 가정의 수호자처럼 보였다.

잠시 정적이 흐른 뒤 새뮤얼은 재빨리 돌아서서 마지막으로 그 길을 내려갔다.

4

물론, 세 번째 일격 후에 새뮤얼은 몇 주 동안 성실히 자기반성을 했다. 몇 년 전 앤도버에서는 그의 불쾌한 성격 때문에 주먹이 날아왔다. 대학 시절 인부는 그의 사고방식에 기인한 특권의식을 뒤흔들었고, 마저리의 남편은 그의 탐욕과 이기심에 호된 충격을 안겨 주었다. 그 사건으로 인해 그의 세계에 여자라는 존재는 사라져 버렸고 그다음 해가 되어서야 미래의 아내를 만났다. 그 정도로 근사한 여자만이 마저리의 남편이 그녀를 보호했던 것처럼 보호를 받을 수 있는 상대라고 생각했기 때문이다. 새뮤얼은 별거 중인 유부녀 드 페리아크 부인를 위해 대단히 정의로운 주먹을 날리는 것은 상상조차 할 수 없었다.

삼십 대 초반에는 경제적으로 자립했다. 그는 그 당시에 전

국적으로 유명한 인물이었던 나이가 지긋한 피터 카하트와 함께 일했다. 카하트의 체격은 헤라클레스 조각상의 축소 모형 같았고, 그의 이력도 그만큼 견실했다. 순수한 즐거움을 위해 일구어 온 업적이었을 뿐, 비열한 착취나 의심스러운 추문도 없었다. 그는 새뮤얼의 아버지와 아주 친한 친구였지만 친구의 아들을 6년이나 지켜본 후에야 자신의 사무실에 받아들였다. 광산, 철도, 은행, 도시 전체 등 그 당시 그가 얼마나 많은 것을 장악하고 있었는지 하늘은 알았을 것이다. 새뮤얼은 그와 아주 가까웠고 그가 좋아하는 것과 싫어하는 것, 그의 선입견, 약점과 풍부한 강점을 알고 있었다.

어느 날 카하트가 새뮤얼을 부르더니, 사무실 안쪽 문을 닫으면서 그에게 의자와 담배를 권했다.

"잘돼 가고 있나, 새뮤얼?"

그가 물었다.

"네, 그럭저럭요."

"자네가 요즘 타성에 젖어 보여서 걱정했었네."

"타성에 젖었다고요?"

새뮤얼은 당혹스러웠다.

"자네 거의 10년 가까이 사무실 밖에서 일해 본 적 없지?"

"하지만 휴가는 다녀왔는데요, 에드론으로……."

카하트는 손짓으로 물리쳤다.

"내말은 외부 일 말이네. 우리가 여기서 계획한 대로 일이 진척되는지 지켜보는 거 말이야."

"아니요."

새뮤얼은 시인했다.

"해 본 적 없습니다."

"그렇다면."

카하트가 갑작스레 말했다.

"자네에게 외부 일을 하나 맡겨 볼까 하네. 한 달 정도 걸릴 만한 걸로."

새뮤얼은 반론을 펼치지 않았다. 차라리 그 생각이 나은 것 같았고 그게 무슨 일이든 카하트가 원하는 대로 일을 성사시킬 수 있을 거라고 마음을 다잡았다. 그것이 자신의 고용주가 가장 좋아하는 취미였고, 그의 주변 사람들은 보병대 준대위처럼 직접 명령에는 입도 뻥긋하지 않았다.

"샌안토니오로 가서 해밀을 만나도록 하게."

카하트가 말을 이었다.

"처리할 일이 있는데 책임지고 맡아볼 사람이 필요하다는군."

해밀은 카하트의 그늘에서 자라난 사람으로서 남서부에서 카하트의 사업을 맡고 있는데, 새뮤얼과는 한 번도 만난 적 없지만 업무상 연락은 자주 했었다.

"언제 떠날까요?"

"내일 떠나도록 하게."

카하트가 달력을 흘끗 보며 대답했다.

"5월 1일이군. 6월 1일에 이곳으로 와서 보고를 하게."

다음 날 아침 새뮤얼은 시카고로 출발했고 이틀 후 그는 샌안토니오의 상업 신탁 사무실에서 테이블을 사이에 두고 해밀과 마주 앉았다. 일의 요점을 파악하는 데는 그리 오래 걸리지 않았다. 석유와 관련된 큰 거래 건으로 근처에 있는 열일곱 개의 거대 목장을 매수하는 일이었다. 일주일 내에 매수를 완료해야 했기 때문에 시간적 압박이 있었다.

몇몇 팀들은 열일곱 명의 목장주들을 진퇴양난에 빠지게 할 일에 착수하기 시작했고, 새뮤얼의 팀은 푸에블로 근처의 작은 마을에서 일어나는 문제를 단순히 '처리'만 하면 되었다. 적임자라면 요령 있고 능률적으로 어떤 마찰도 일으키지 않고 처리할 수 있는 일이었다. 이건 단지 운전석에 앉아 운전대를 단단히 잡고 있기만 하면 되는 문제였기 때문이다. 빈틈없는 일 처리로 카하트에게 수차례 이익을 안겨 주었던 해밀이 공개 시장에서 거래할 때보다 훨씬 더 큰 순익을 남길 수 있도록 상황을 정리해 놓았다. 새뮤얼은 해밀과 악수를 하고 2주 후 돌아오기로 정한 뒤 뉴멕시코의 샌펠리프로 떠났다.

물론 카하트가 자신을 시험해 보고 있는 거라는 생각이 들었다. 새뮤얼이 이 일을 어떻게 처리하는지에 관한 해밀의 보고

서는 그에게 중요한 영향을 미칠 수도 있을 것이다. 하지만 그것 때문이 아니라도 새뮤얼은 이번 일을 성사시키는 데 최선을 다했을 것이다. 뉴욕에서 10년을 지내는 동안 그의 감상적인 면모는 사라졌고, 그는 자신이 시작한 일은 모두 마무리 짓고 그 이상의 성과를 거두는 데 꽤 익숙해졌다.

처음에는 모든 것이 순조로웠다. 열렬한 환영은 없었지만 관련된 열일곱 명의 목장주들 각각은 새뮤얼의 용건을 알고 있었고, 배후에 누가 있는지도 알고 있었다. 그리고 유리창에 앉은 파리처럼 끝까지 버틸 가망이 거의 없다는 것도 알고 있었다. 그들 중 몇몇은 체념했고, 몇몇은 죽기 살기로 애써 보았지만 의견을 나누고 변호사와 상의해 보아도 빠져나갈 구멍은 보이지 않았다. 목장 다섯 곳에 석유가 묻혀 있었고, 나머지 열두 곳은 그럴 가능성이 있는 정도였지만 아무튼 해밀의 목적을 달성하려면 모두가 필요했다.

새뮤얼은 곧 실질적인 우두머리는 매킨타이어라는 초기 정착자라는 것을 알았다. 쉰 살쯤 되었고 머리가 희끗희끗했으며 깔끔하게 면도를 했다. 뉴멕시코에서 마흔 번이나 여름을 보낸 덕분에 피부가 구릿빛이었고, 텍사스와 뉴멕시코의 날씨가 가져다준 맑고 안정된 눈을 가지고 있었다. 그의 목장에서는 아직 석유가 발견되지 않았지만 그곳도 예상 범위에 속했고, 그 누구보다도 자기 땅을 잃기 싫어하는 사람이었다. 다들 처음에는 그가 이 크나큰 재난을 막아 줄 거라 기대를 걸었고 그도 관련된 법적 수단을 찾아 그 지역을 조사했지만 실패했고 그 자신도 그 사실을 알고 있었다. 그는 주도면밀하게 새뮤얼을 피해 다녔지만 새뮤얼은 서명하는 날이 오면 그가 나타날 거라고 확신하고 있었다.

그날이 왔다. 타는 듯이 무더운 5월의 어느 날이었다. 바싹 마른 땅에서는 먼 곳까지 뜨거운 열기가 피어올랐다. 새뮤얼이 의자 몇 개와 벤치 하나 그리고 나무 테이블 하나뿐인 작은 임시 사무실에서 비지땀을 흘리며 앉아 있었을 때, 그는 이번 일이 거의 마무리되고 있다는 사실에 기뻤다. 그는 특히 다시 동부로 돌아가 아내와 아이들과 함께 일주일 동안 해변에서 지내고 싶었다.

모임이 4시 정각에 예정되어 있었는데 3시 반에 문이 열리고 매킨타이어가 들어오자 새뮤얼은 상당히 놀랐다. 새뮤얼은 그 남자의 태도를 존경하지 않을 수 없었고 조금 딱하다는 생각이 들었다. 매킨타이어는 그 목초지에 대단한 애착을 갖고 있는 것 같았으며 새뮤얼은 도시인들이 탁 트인 지대에 사는 사람을 향해 느끼는 부러움이 생겨나는 것을 느꼈다.

"안녕하시오."

매킨타이어가 양발을 벌리고 양손은 엉덩이에 걸친 채 열린 문간에 서서 말했다.

"안녕하세요, 매킨타이어 씨."

새뮤얼이 일어났지만 악수를 청하는 격식은 생략했다. 그 농장주가 자신을 몹시 싫어할 거라고 생각했지만, 그를 나무랄 수는 없었다. 매킨타이어는 안으로 들어와 느긋하게 자리에 앉았다.

"당신이 이겼군."

그가 불쑥 입을 열었다. 어떤 대답을 바라고 한 말은 아닌 것 같았다. 그는 계속 말을 이었다.

"카하트가 이 일의 배후에 있다는 말을 들었을 때, 난 포기했지."

"카하트 씨는……."

새뮤얼이 말을 하기 시작했지만 매킨타이어가 조용히 하라고 손을 저었다.

"그 더러운 좀도둑 이야기는 꺼내지도 마시오!"

"매킨타이어 씨, 남은 30분간 이런 이야기만 하실 거라면……."

새뮤얼이 씩씩하게 말했다.

"거, 입 다물게, 젊은이."

매킨타이어가 말을 잘랐다.

"자네도 이런 짓을 하는 놈일지언정 욕은 못하겠지."

새뮤얼은 아무런 대답도 하지 않았다.

"말 그대로 더러운 좀도둑질이야. 그놈같이 너무 커서 다룰 수 없는 스컹크들이 있을 뿐이지."

"값은 후하게 매겨 드릴 겁니다."

새뮤얼이 말했다.

"입 닥치래도!"

매킨타이어가 갑자기 고함을 질렀다.

"이야기는 내가 하겠네."

그는 문으로 걸어가 대지 너머를 바라보았다. 햇빛이 비치고 김을 푹푹 내뿜는 목장이 그의 발에서부터 시작하여 멀리 떨어진 회녹색의 산들에까지 펼쳐져 있었다. 그가 돌아섰을 때 그의 입술이 파르르 떨리고 있었다.

"당신네 패거리들은 월스트리트를 사랑하나?"

그가 잠긴 목소리로 말했다.

"아니면 자네는 어디서나 그 더러운 흉계를……."

그가 말을 멈추었다.

"자넨 그러겠지. 아무리 저속한 놈이라도 자기가 일하는 곳을 사랑하지 않을 정도로 추잡스럽진 않겠지. 피땀 흘려 자기 안에서 최선의 것을 이끌어 낸 곳일 테니."

새뮤얼이 무색하게 그를 쳐다보았다. 매킨타이어는 파란색의 큰 손수건으로 이마를 훔치고 계속 말을 이었다.

"이 저열한 늙은 악마 놈이 백만 달러쯤 더 가져야 하는 모양이지. 우리는 그놈이 마차나 다른 것을 두어 개 더 사기 위해 처치해야 하는 거지 몇 명일 뿐이겠지."

그는 문을 향해 손을 저었다.

"나는 열일곱에 저쪽에 집을 지었다네. 이 두 손으로 말이야. 스물한 살 때 거기서 마누라를 맞이했지. 두 칸을 더 증축해서 누추한 수송아지 네 마리로 시작했어. 마흔 번의 여름을 보내며 저 산들 너머로 해가 뜨고, 저녁이 되면 피처럼 붉게 저물어 가는 걸 보았지. 그러고 나면 열기는 누그러들고 별들이 모습을 드러냈지. 나는 저 집에서 행복하게 지냈어. 내 아들이 거기서 태어나고 거기서 죽었어. 어느 늦은 봄날 지금처럼 가장 더웠던 오후에 말이야. 그 후로 나와 마누라는 예전처럼 외롭게 살면서 어쨌든 가정을 지켜 나가려고 애썼지만, 결국은 진짜 집이 아니라 그 엇비슷한 것이 되고 말았지. 어쩐지 아들이 항상 곁에 있는 것만 같았으니까. 그리고 우리는 셀 수 없이 많은 밤을 그 애가 저녁을 먹으러 뛰어오는 모습을 보길 기다렸지."

그는 목소리가 떨려서 더 이상 말을 하지 못하고 회색 눈을 찌푸리며 다시 문 쪽으로 돌아섰다.

"저기 있는 건 내 땅이야."

그가 팔을 뻗으며 말했다.

"맹세코 내 땅이야. 내가 이 세상에서 가진 전부라고. 내가 원했던 전부."

그는 소매로 얼굴을 훔쳤고 천천히 몸을 돌려 새뮤얼을 바라보며 달라진 목소리로 말했다.

"하지만 그들이 원한다면 내게서 떠나야겠지. 떠나야 할 테지."

새뮤얼은 뭐라도 말을 해야 했다. 조금만 더 지나면 쩔쩔매게 될 것 같았다. 그래서 가능한 한 침착한 목소리로 입을 열었다. 까다로운 임무를 이행할 때를 위해 쓰지 않고 아껴 두었던 말투였다.

"이건 사업입니다. 매킨타이어 씨."

그가 말했다.

"합법적인 일이고요. 어쩌면 두세 곳은 어떤 값을 치르고도 사들일 수 없었을지도 모르지만, 대부분은 제값을 받았습니다. 발전에 따르는……."

일찍이 이처럼 부적합한 느낌을 가진 적이 없었지만 몇 백 미터 떨어진 곳에서 발굽 소리가 들려오자 커다란 안도감을 느꼈다. 그의 말을 들은 매킨타이어의 눈에 어려 있던 깊은 슬픔은 분노로 바뀌었다.

"너와 그 비열한 사기꾼 패거리!"

그가 외쳤다.

"너희 중 어떤 놈도 어떤 것을 진실하게 사랑해 본 적이 전혀 없을 테지! 이 돈밖에 모르는 돼지 떼 같은 놈들!"

새뮤얼이 일어나자 매킨타이어는 그를 향해 한 걸음 다가왔다.

"이 말만 번지르르한 녀석. 네가 우리 땅을 빼앗았어. 피터 카하트 대신 이거나 받아라!"

그는 주먹을 어깨까지 끌어당겼다가 번갯불처럼 재빨리 휘둘렀고 새뮤얼은 쿵 하고 쓰러졌다. 현관문에서 희미하게 발소리가 들렸고 누군가가 매킨타이어를 붙잡았다는 것을 알았지만 그럴 필요가 없었다. 그 목장 주인은 의자에 털썩 주저앉아 두 손에 얼굴을 묻었다.

새뮤얼은 골이 흔들리는 것 같았다. 네 번째 주먹이 자신을 가격한 것을 깨닫자, 거대한 감정의 홍수가 그의 인생을 가차 없이 지배해 온 법칙이 또다시 변화하고 있다고 부르짖었다. 그는 반쯤 멍한 상태로 일어나 성큼성큼 방을 빠져나왔다.

그다음 10분은 아마 그의 인생에서 가장 힘든 시간이었을 것이다. 사람들은 소신대로 행동하는 용기에 대해서 말하지만, 실생활에서 남자는 가족에 대한 임무로 인해 마치 굳어진 시체같이 그 자신만의 독선에 빠져 이기적인 특권을 행사하는 것처럼 보인다. 새뮤얼은 대개는 가족을 생각했지만 그는 진짜로 흔들린 적은 없었다. 그 충격이 그를 흔들었다.

그가 다시 방으로 들어왔을 때 걱정하고 있는 얼굴들이 그를 기다리고 있었다. 하지만 그는 조금도 지체하지 않고 설명했다.

"여러분."

그가 말했다.

"매킨타이어씨가 친절하게도 저에게 이번 일에서 여러분이 전적으로 옳고 피터 카하트 측이 전적으로 틀렸다는 것을 깨닫게 해 주셨습니다. 제가 아는 한 여러분은 앞으로도 계속 여러분의 목장을 가지고 계셔도 됩니다."

그는 깜짝 놀란 사람들 사이를 헤쳐 나가 30분 안에 두 개의 전보를 보냈다. 그것은 통신사가 직무에 전적으로 어울리지 않을 만큼 깜짝 놀라게 만든 내용이었다. 하나는 샌안토니오에 있는 해밀에게 보내는 것이었고 다른 하나는 뉴욕에 있는 피터 카하트에게 보내는 것이었다.

그날 밤 새뮤얼은 잠을 제대로 이루지 못했다. 그는 그의 직업 경력상 처음으로 음울하고 비참한 실패를 거둔 것을 알았다. 하지만 그의 마음속의 어떤 본능이 의지보다 강하고 자라 온 것보다 더 깊숙한 곳에 자리 잡아, 그의 야망과 행복을 끝내 버릴지도 모르는 일을 하게 한 것이리라. 하지만 이미 끝난 일이고 다르게 행동할 수 있었으리란 생각은 조금도 들지 않았다.

다음 날 아침, 두 개의 전보가 그를 기다리고 있었다. 첫 번째 전보는 해밀로부터 온 것이었다. 세 단어가 적혀 있었다.

"이 빌어먹을 머저리!"

두 번째 전보는 뉴욕에서 온 것이었다.

"상황 종료. 즉시 뉴욕으로 복귀. 카하트."

일주일 안에 벌어진 일이었다. 해밀은 격하게 불만을 늘어놓으며 자신의 계획을 맹렬하게 변호했다. 그는 뉴욕으로 소환되어 피터 카하트의 사무실에 깔린 카펫 위에서 언짢은 30분을 보냈다. 그는 7월에 카하트의 사업을 그만두었다. 그러나 8월에 서른다섯 살의 새뮤얼 매러디스는 사실상 카하트의 동업자가 되었다. 네 번째 주먹이 효과를 발휘한 것이었다.

모든 남자에게는 그의 성격과 기질과 총체적인 사고방식 전반에 걸쳐 부합되는 비열한 성향이 있다고 생각한다. 어떤 남자들은 그런 성향이 숨겨져 있어 우리는 그들이 어느 어두운 밤에 우리를 내려칠 때까지 그런 것이 거기 있었다는 것을 알 수 없다. 하지만 새뮤얼은 그것이 작동했던 순간과 그것을 본 사람들이 몹시 분노하는 것을 보았다

그런 점에서 그는 오히려 행운이었다. 왜냐하면 그의 작은 악마가 고개를 들 때마다 힘을 못 쓰는 상태로 저 아래편으로 허둥지둥 도망가게 만드는 환대를 받았기 때문이다. 새뮤얼로 하여금 길리의 친구에게 침대에서 내려오도록 명령한 것도, 마저리의 집 안으로 들어가게 한 것도 같은 악마이자 같은 성향이었다.

새뮤얼 매러디스의 턱을 쓰다듬으면 혹이 만져질 것이다. 그는 언제 맞은 주먹으로 혹이 생겼는지는 확신하지 못하겠다고

했지만 그 무엇과도 바꾸지 않을 것이라고 했다.

그는 늙은 악당만큼 비열한 인간이 없다고 말하며 때때로 결정을 하기 직전에 턱을 한 번 치는 것이 아주 큰 도움이 된다고 했다. 기자들은 그 행동이 신경이 과민한 성격 탓이라고 하지만 사실은 그런 게 아니다. 그렇게 함으로써 그는 눈이 부실만큼 명료함을, 네 개의 주먹이 번개처럼 일깨워 준 건전한 정신을 또다시 느낄 수 있는 것이다.

미국 현대문학의 새 지평을 연 스콧 피츠제럴드의 기발하고 유쾌한 상상력을 담은 대표 단편선

작가 피츠제럴드는 1920년대 미국을 대표하는 작가이다. 일명 '재즈 시대'라고도 불리는 이 시기의 미국인들은 제1차 세계대전의 승리로 물질적 풍요를 누림과 동시에, 도덕과 기존 질서가 파괴됨으로 인한 가치관의 혼란을 경험했다.

전쟁의 파괴력과 공포를 겪은 젊은이들이 회의에 빠져 말 그대로 '길 잃은 세대'로서 삶의 방향을 잃은 채, 현재를 즐기며 방탕한 삶을 통해 상처를 지우려고 했다. 젊은 여성들은 투표권을 가짐에 따라 지위가 상승하였고 자유분방하고 거침없으며 매혹적이었는데 사람들은 이들을 '플래퍼'라 불렀다.

작품 속에 담긴 피츠제럴드의 삶

이러한 시대 속에서 불꽃처럼 화려하고 거침없이 살다 간 피츠제럴드와 젤다의 삶이 작품 곳곳에 녹아 있다. 희망 찬 미래를 꿈꾸며 자신감 넘치는 명문대생의 모습에서부터 가난으로 몸부림치는 청년의 모습, 그리고 젊음과 아름다움의 덧없음을 깨닫게 된 노인의 모습에 이르기까지, 그리고 그 시대의 전형적인 플래퍼에서부터 늙고 나서 아름다움과 생기를 잃은 여인의 모습에 이르기까지 생의 여러 순간에 포착된 두 사람의 모습을 발견할 수 있다.

작품 소개

부잣집의 귀공자인 새뮤얼 매러디스의 모습에서 귀한 아들로 자랐던 피츠제럴드의 어릴 적 모습을, 설탕 시장의 급락으로 서민 생활로 되돌아간 대목에서는 실제로 아버지의 사업 실패를 겪은 작가의 경험을 엿볼 수 있다. (네 개의 주먹 中)

벤자민의 잘나가던 명문대생 시절과 전쟁 중 눈부신 활약 및 여러 작품 곳곳에서 볼 수 있는 군사 용어에서 작가의 엘리트로서의 자긍심과 미육군 소위로 임관했던 자부심을 확인할 수 있다. (벤자민 버튼의 시간은 거꾸로 간다 中)

공부만 알던 호레이스가 마르샤에게 매혹되는 장면에서 작가와 젤다의 첫 만남을 그려 볼 수 있다. 그리고 낸시 밀포드

(Nancy Milford)의 전기《젤다 Zelda》에서 주장하는 바(스콧 피츠제럴드는 오히려 젤다가 가진 문학적 재능을 질투하고 위협을 느꼈다)를 참고했을 때, 호레이스가 무용가인 마샤를 만난 후 돈벌이를 위한 삶으로 전락하고 아내가 천재로 인정받는 설정은 젤다에 대한 피츠제럴드 자신의 견제가 은연중에 드러난 것이라고 하면 지나친 억측일까. 젤다도 실제로 소설가이자 화가였으며 무용가이기도 했다는 것은 사실이다. (머리와 어깨 中)

젊은이의 자신감과 여성의 아름다움도 결국 세월 앞에서는 무력할 수밖에 없고, 지나고 보면 덧없다는 깨달음과 부부 사이의 문제들을 드러낸 장면에서, 화려한 삶의 끝자락에 서서 망가져 가는 자신과 아내의 모습과 불화로 고통받았을 작가의 씁쓸함을 느낄 수 있다. (컷글라스 그릇 中)

물론 소설은 현실을 있는 그대로 반영하는 것이 아닌 허구의 문학이기에, 소설 속 인물들이 실물과 완전히 일치한다고 볼 수 없다. 그렇지만 문학은 자기 표현의 수단이고《위대한 개츠비》를 비롯한 피츠제럴드의 작품은 자서전적인 색채가 짙다는 것을 익히 알고 있기에, 독자들이 이 책에 실린 네 작품을 작가의 생애와 비교해 가며 읽어 본다면 색다른 재미를 느낄 수 있을 것이다.

벤자민 버튼의 시간은 거꾸로 간다

"80세로 태어나서 18세를 향해 늙어 갈 수만 있다면 인생은 한없이 행복할 텐데."

마크 트웨인 자서전에 있는 이 글귀는 인생에서 최고의 순간이 맨 처음에 오고 최악의 순간이 마지막에 온다는 것에 대한 안타까움이 담겨 있다. 이 말에 영감을 받아 탄생한 소설이 바로《벤자민 버튼의 시간은 거꾸로 간다》이며, 피츠제럴드가 자신이 쓴 가장 재미있는 단편이라고 자평한 소설이기도 하다.

벤자민 버튼은 70세 노인으로 태어나 점점 젊어지는 운명을 타고난다. 시간의 일반적인 흐름에 역행한 그는 있는 그대로의 자신의 모습을 인정받지 못한다. 오히려 주위 사람들은 그가 일부러 유별난 행동을 한다고 생각하고 일반적인 사람들의 기준에 맞추라고 강요한다. 70세 노인의 몸으로 살았던 어린 시절에 본인이 원했던 것은 백과사전과 시가, 제대로 된 식사였지만, 주위에선 아기라면 딸랑이와 분홍색 오리 인형을 가지고 놀고 우유를 마시는 것이 당연하다고 한다. 늙어서는 또 어떤가. 주위 시선을 의식한 아들에게 핀잔을 듣고 급기야 그를 삼촌이라고 부르는 지경에 이른다. 그러다 결국 그는 역(逆)노화의 최종 정착지인 태아 상태가 되어 인생을 마감한다.

벤자민이 가장 빛났던 인생의 순간은 실제 나이와 신체 나이가 비슷했던 삶의 중간 지점 즈음이었을 것이다. 그때는 잘나가던 학창 시절도, 사랑하는 여인과 그녀를 위한 노력의 결과로 얻은 사업적 성공도, 군인으로서의 명예도 있었다.

어쩌면 마크 트웨인처럼 평범하게 늙어 가는 인생이건 그가 상상하던 벤자민의 거꾸로 젊어져 가는 인생이건 다르게 보이는 인생도 결국은 매한가지가 아닐까? 다들 그렇게 태어나서 그렇게 살아가고 그렇게 생을 마감한다.

머리와 어깨

문학 석사 학위를 받으러 예일 대학에 들어간 호레이스는 열일곱 살의 천재이다. 방에서 오로지 책만 읽고 있던 그는 어느 날 방문을 두드리는 소리에 응답하게 된다. 문을 열고 들어온 사람은 열아홉 살의 아름다운 무용수 마르샤였다. 이성적인 호레이스는 격정적인 마르샤에게 매혹되었고 열여덟이 되자 학자로서의 성공을 포기하고 그녀와 결혼한다. 둘은 각자 머리와 어깨가 되어 생활하기로 하지만 마르샤가 임신하는 바람에 호레이스는 돈벌이에 나서고 마르샤는 소설가로 성공하면서 결국 둘의 처지는 뒤바뀐다. 그것을 깨달은 순간, 호레이스는 자신의 방문을 두드리던 소리를 떠올리며 그 소리에 응답하지 말라는 조언을 한다.

새로운 세계로 무심히 발을 디딘 한 인간에게 벌어진 역설적인 상황이 재미와 안타까움을 자아낸다.

컷글라스 그릇

색색의 빛깔을 뽐내며 식기장에 진열된 컷글라스 그릇들처럼, 주인공 에빌린의 아름다움과 인생도 그렇게 영원히 빛날 것만 같다. 그러나 에빌린의 옛 남자 친구에게서 받은 '차갑고 악의에 찬 아름다운 물건이자 적개심 어린 선물'인 컷글라스 그릇은 가족의 불행을 하나하나 이끌어 내기 시작한다. 이 그릇으로 인해 그녀는 남편에게 불륜 사실을 들키고, 이 그릇에 술을 지나치게 많이 담아 취한 남편은 동업자와 사이가 벌어지며, 그릇에 손을 긁힌 딸은 상처가 패혈증으로 번져 손을 절단하고, 급기야 이 그릇에 아들의 전사 통지서가 담긴다. 그릇의 저주로 이 모든 일이 벌어졌다고 생각한 그녀도 그릇을 안고 죽는다.

세월이 흐르면서 식기장에 진열된 컷글라스 그릇들이 하나둘씩 사라지듯, 여자의 인생도 점차 망가지다가 결국 그릇과 함께 산산조각이 나게 되는 비극적인 내용이다.

네 개의 주먹

주먹을 맞으면서 유명 인사가 된 사람의 이야기이다.

부잣집에서 귀하게 자라난 새뮤얼 매러디스는 기숙사 시절과 대학 시절, 연애를 하고 직장을 다니는 동안 삶에서 중요한 네 번의 순간을 맞게 된다. 그 순간마다 주먹을 맞는다. 그는

'인생을 가차 없이 지배해 온 법칙이 또다시 변화하고 있다'는 것을 깨닫게 되면서 오만한 사고와 삶의 태도가 변화한다. 그 후로도 새뮤얼은 결정을 할 때마다 자신의 주먹으로 한 번씩 침으로써 '네 개의 주먹이 번개처럼 일깨워 준 건전한 정신'을 느끼고 성공에 이르게 된다.

허윤정

작가 연보

1896년 9월 24일 미국 미네소타 주 세인트폴에서 에드워드 피츠제럴드와 몰리 퀼 리언의 사이에서 태어났다.

1898년 아버지의 가구 사업 실패로 뉴욕 주의 버펄로로 이주한다.

1901년 다시 뉴욕 주의 시러큐스로 이주하고 아버지는 세일즈맨으로 일하게 된다. 여동생 애너벨이 태어난다.

1908년 다시 세인트폴로 돌아간다. 지역 명문 학교인 세인트폴 아카데미에 입학하고 글쓰기에 소질을 보인다.

1909년 첫 단편 작품 〈레이먼드 저당의 신비〉가 세인트폴 아카데미에서 발행하는 잡지 《지금과 그때》에 발표된다.

1911년 뉴저지 주의 뉴먼 스쿨에 입학한다. 그는 학교에서 앞으로 영향을 끼치게 될 키릴 시고니 웹스터 페이 신부를 만난다. 이때부터 1913년까지 《뉴먼 스쿨》에 세 작품의 단편을 발표한다.

1913년 미국 뉴저지 주에 있는 프린스턴 대학에 입학한다. 미국 문단에서 크게 활약한 비평가 에드먼드 윌슨과 시인 존 필 비숍과 친구가 된다. 《나소 문학》 잡지와 《프린스턴 타이거》에 단편, 희곡, 시 등을 발표한다.

1914년 세인트폴에서 일리노이 주 레이크 포레스트 출신의 16세 소녀 지니브러 킹을 만나게 된다. 그러나 훗날 가난하다는 이유로 그녀에게 거절을 당한다.

1915년 대학교 3학년 때 학점 미달로 낙제하고 학교를 그만둔다.

1916년 졸업할 계획으로 다시 프린스턴 대학교에 돌아간다. 그러나 여전히 학점이 모자라 결국 중퇴한다.

1917년 프린스턴을 떠나 10월에 미 보병대의 소위로 임관된다. 훈련을 받기 위해 캔자스 주 레번워스에 도착한다. 이 무렵 장편《낭만적인 에고이스트(Romantic Egoist)》의 집필을 시작한다. 바쁜 군대 생활 중에도 글쓰기에 전념한다.

1918년 켄터키 주 루이빌에 있는 캠프 테일러로 전속된다.《낭만적인 에고이스트》를 탈고하여 뉴욕의 찰스 스크리브너스 선수 출판사에 보낸다. 조지아 주 캠프 고든에 배치되었다가 앨라배마주 먼트가머리 근교 캠프 셰리던으로 전속된다. 이때 앨라배마 주 대법원 판사의 딸인 젤다 세이어를 만난다. 스크리브너스 출판사에서《낭만적인 에고이스트》의 출간을 거절당한 후 다시 출판사에 보내지만 역시 거절당한다.

1919년 군에서 제대한 뒤 뉴욕으로 가서 배런콜리어 광고 회사에 입사하지만 미래가 불투명하다는 이유로 젤다에게 파혼당한다. 광고 회사를 그만두고 세인트폴로 돌아와 부모과 함께 집에 머물며《낭만적인 에고이스트》 개작에 몰두한다. 9월에《낭만적인 에고이스트》가《낙원의 이쪽(This Side of Paradise)》이라는 제목으로 스크리브너스 출판사에서 출간 허락을 받는다.

1920년 《낙원의 이쪽》을 출간한다. 16편의 단편소설과 2편의 기고문을 팔아 엄청난 성공과 인기, 경제적 여유를 얻는다. 남부로 돌아와 젤다와 약혼 후 결혼한다. 가을 잡지 《스마트 셋》에 희곡 〈오월제〉를, 〈새터데이 이브닝 포스트〉에 단편 〈말괄량이 아가씨들과 철학자들(Flappers and Philosophers)〉을 발표한다.

1921년 젤다가 임신을 하고 10월에 딸이 태어난다. 첫 소설집 《말괄량이 아가씨와 철학자들》이 출간된다. 《메트로폴리탄》 매거진에 장편소설 《저주받은 아름다운 사람들(The Beautiful and Damned)》을 연재하기 시작한다. 젤다 역시 《뉴욕 트리뷴》지의 '북 섹션'에 리뷰를 기고한다.

1922년 두 번째 소설 《저주받은 아름다운 사람들》이 출간되고 워너브라더스에서 영화로 만들어진다. 그리고 두 번째 단편집 《재즈 시대의 이야기들(Tales of the Jazz Age)》이 출간된다. 그 후에 롱아일랜드의 그레이트 네크에 집을 빌리고 뉴욕을 오가며 호화로운 생활을 시작하고 《위대한 개츠비(The Great Gatsby)》의 초기 줄거리를 세운다.

1923년 장편 희극 〈야채(The vegetable)〉가 애틀랜틱 시에서 시험 공연 실패한다. 이후 피츠제럴드는 빚을 갚기 위해 단편소설 집필에 전념한다.

1924년 유럽으로 이주해 프랑스에 거주한다. 여름부터 가을까지 《위대한 개츠비》의 초고 집필 및 개작에 몰두하는 동안 젤다는 프랑스 조종사인 에두아르 조장과 사랑에 빠진다. 가을에 《위대한 개츠비》의 초고인 《황금 모자를 쓴 개츠비》를 탈고한다.

1925년 세 번째 장편소설 《위대한 개츠비》를 출간한다. 프랑스 몽파르나스에서 어니스트 헤밍웨이를 만나고, 파리 근교에서 이디스 워튼을 만난다. 《밤은 부드러워(Tender is the Night)》의 아이디어를 구상하기 시작한다.

1926년 《레드북》에서 《부잣집 아이(The Rich Boy)》가 출간된다. 같은 해에 《모든 슬픈 젊은이들(All the sad Young Men)》도 출간된다.

1927년 할리우드 영화사에서 일하기 시작한다. 《밤은 부드러워》에서 로즈마리 호이트의 모델이 된 로이스 모런과 사귄다.

1928년 부부 싸움이 심해지면서 유럽으로 여행을 떠난다.

1929년 프랑스, 이탈리아를 여행한다. 《벨라의 최후(The Last of the Belles)》가 《새터데이 이브닝 포스트》에서 출간된다.

1930년 북아프리카를 여행한다. 젤다가 신경쇠약 증세를 보이기 시작한다. 여름부터 가을까지 병 치료를 위해 스위스로 이주하고 젤다는 프랭잰스 진료소에 입원한다.

1931년 아버지의 사망으로 귀국한다. 가을에 다시 할리우드에 돌아온다. 《다시 찾은 바빌론》이 〈새터데이 이브닝 포스트〉 2월 호에 게재된다. 할리우드에 있는 메트로-골드윈-메이어(MGM) 스튜디오에서 일하게 된다.

1934년 네 번째 장편소설 《밤은 부드러워》가 출간된다.

1935년 휴양을 위해 노스캐롤라이나 주 트라이턴과 애슈빌에 머물며 요양한다. 3월에 네 번째 단편집 《기상나팔 소리(Taps at Reveille)》가 출간된다. 나중에 에세이집 《크랙업(The Crack-Up)》에 실리게 되는 글을 쓰기 시작한다.

1936년 9월에 모친이 사망한다.

1937년 할리우드 영화사에서 다시 일을 시작한다. 이 무렵 가십 칼럼니스트인 셰일러 그레이엄과 사귀게 된다.

1939년 봄까지 할리우드에서 프리랜서로 일한다. 10월에 할리우드를 소재로 한《겨울 카니발(Winter Carnival)》소설을 집필한다.

1940년《마지막 거물(The Last Tycoon)》을 집필하면서《에스콰이어》에《적절한 취미(Pat Hobby)》를 연재한다. 같은 해 12월 21일 그레이엄의 아파트에서 심장마비로 사망한다.

옮긴이 허윤정

공학과 교육학을 전공했다. 대학 시절부터 전공과 무관하게 번역에 관심을 갖고 꾸준히 공부하여 잘 읽히고 감각 있는 번역 실력을 갖추게 되었다. 창작 능력도 뛰어나 각종 문예 공모전에 도전하여 입상한 바 있다.

큰글씨 벤자민 버튼의 시간은 거꾸로 간다

초판1쇄 펴낸 날 2018년 2월 20일

지은이 프랜시스 스콧 피츠제럴드
옮긴이 허윤정
펴낸이 장영재
펴낸곳 (주)미르북컴퍼니
자회사 더클래식
전 화 02)3141-4421
팩 스 02)3141-4428
등 록 2012년 3월 16일(제313-2012-81호)
주 소 서울시 마포구 성미산로32길 12, 2층 (우 03983)
E-mail sanhonjinju@naver.com
카 페 cafe.naver.com/mirbookcompany

(주)미르북컴퍼니는 독자 여러분의 의견에 항상 귀 기울이고 있습니다.

파본은 책을 구입하신 서점에서 교환해 드립니다.
책값은 뒤표지에 있습니다.